2DB
二次元ドリーム文庫
小説 竹内けん
挿絵 ＫＥＮ
ハーレムクイーンメーカー
ドS王女と成り上がれ！

# ハーレムシリーズの世界

ドモス
クロチルダ
金剛壁
セレスト
ヤーシュ
バザン
シギショアラ
インフェルミナ
ベニーシェ
ムーランルージュ
カリバーン
アーリア
ネフティス
デュマ
マドラ
バーミア
サラミス
ドゴール
ベアトリス
ィーヴル
レナス
雲山朝
ヴァスラ
バタフライ
ヤザ
ラルフィント
マリオベール
ゴールドマリー
カンタータ
ディヴァン
デミアン
山麓朝
ュベレ
リュミネー川
ラージングラード
エルバード
ゴットリーブ
ヒルクライム
ミラージュ
レイム
プロヴァンス
オニール
エトルリア
ロードナイト
シルバーナ
パルザック
翡翠海
トルフィヤ
ブラキア
サマルランサ
ミュラー

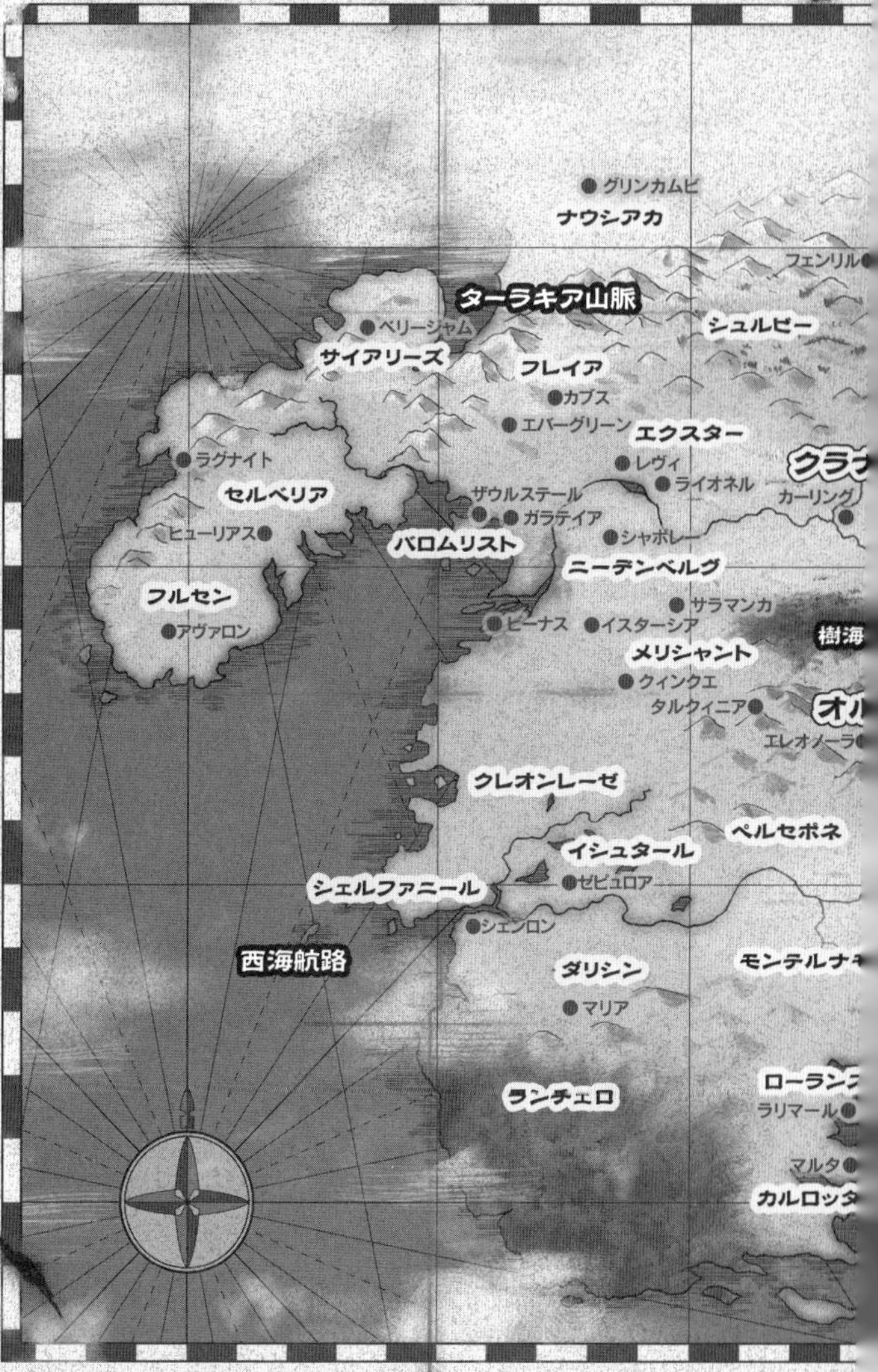
グリンカムビ
ナウシアカ
フェンリル
ターラキア山脈
ベリーシャム
シュルビー
サイアリーズ
フレイア
カブス
エバーグリーン
エクスター
ラグナイト
レヴィ
ライオネル
セルベリア
ザウルステール
カーリング
ガラテイア
ヒューリアス
シャボレー
バロムリスト
ニーデンベルグ
フルセン
サラマンカ
ビーナス
イスターシア
アヴァロン
樹海
メリシャント
クィンクエ
タルクィニア
エレオノーラ
クレオンレーゼ
ペルセポネ
イシュタール
ゼピュロア
シェルファニール
シェンロン
西海航路
ダリシン
マリア
ランチェロ
ラリマール
マルタ

# Harem Queen Maker
# Characters

## メロディア

美貌とカリスマを備えた、
ラルフィント王国山麓朝の絶世のお姫さま。
シュナイゼルと王位継承権奪取のため
野心を燃やす。

アンナ
メロディアの家庭教師で
天馬乗りの姫騎士。
正義感が強くシュナイゼルを
警戒している。
ゲルダ
傭兵一族出身のクールな弓手。
ふてぶてしいが、凄腕の暗殺者。
シュナイゼル
メロディアに忠誠を誓う従者。
メロディアを女帝にするためなら、
裏ではどんな汚れ仕事も厭わない。
ペルセウス
メロディアの異母兄。
王位継承権を狙う者同士、
メロディアとは犬猿の仲。

# 第一章　傲慢な王女と陰険な従者

「すでに始まっているわね」

仙樹暦930年。ラルフィント王国のラージングラード領にある高地に立った乙女は、右手に黄金の錫杖を持ち、青銀の長髪を左手で払いながら威厳たっぷりに、そう呟いた。

卵型の顔に、白磁《はくじ》のように白く滑らかな肌。涼しげな目元の奥に光る赤い瞳。秀でた額に、筋の通った高い鼻。桜花の如き唇。

年のころは十代の後半。思春期ならではの透明感もあって、おそらく、彼女を見た誰もが美人だ、と認めることだろう。それも「絶世の」と形容するものが大半だと思われる。

しかし、同時に彼女を口説きたいと思う男は、絶無ではないだろうか。

その眼差しが、ぞっとするほどに冷たいのだ。怜悧《れいり》そうな顔立ちには愛嬌というものがない。

そして、身に纏《まと》う装束もまた、常人ではないことを全力で表現していた。

黄金の不死鳥を模した巨大な髪飾りを頭上に乗せ、肩当て、胸甲、手甲、そして、太腿の半ばまでの軍靴、いずれも赤地に黄金の彫金がされているど派手な装いだ。

これだけ過剰な装いをしていて、なぜか、真っ赤なローライズの紐パンが丸さらしだった。局部以外隠す気がないようなえぐいデザインである。スカートを穿き忘れたわけではなく、見せることを前提としたファッションなのだろうが、普通の女ならまずできない装いであろう。

この見るからに常人でない、タダモノではない雰囲気を纏った女性こそ、ラルフィント王国山麓《さんろく》朝の初代国王オルディーンの第一王女メロディアだ。御年十七歳。本日が初陣である。

「うわー……、うわー……、うわー……」

血液に氷が混じっているのではないかと思わせる王女さまの眼下では、万余の兵士たちが駆けずりまわり、肉を切り刻み、熱い血潮をまき散らしていた。

それは珍しい光景ではない。

ラルフィント王国は、ここ三十年間、王弟派と呼ばれる山麓朝と、王子派と呼ばれる雲《うん》山《ざん》朝との間で慢性的な内戦状態にあった。

本日の戦局は、山麓朝が押しているようである。その流れを作っているのは、陣頭を駆ける葦毛の馬に跨った輝くようなブロンドに、青い瞳の騎士だ。

彼が馬上で曲剣を縦横に振り回して、敵陣を切り崩している。

「あれはペルセウス殿下。さすがは一騎当千のお働き」

感嘆の声をあげたのは、紫色の長髪を一本の太い三つ編みにした女だった。

薄桃色の長袖の上着と、長ズボンを穿いている。それにモコモコとしたファーのついたマント。

彼女の名前はアンナ。年齢は二十七歳。

丸顔で一見優しそうな雰囲気がある。年相応に成熟した肉体をしており、鎧越しにもわかる巨乳の持ち主だ。

地方貴族カンタータ家の出身で、若くして姫騎士として実績をあげた。その功績を認められて、メロディアの家庭教師に推挙されたのだ。

現在はメロディア軍の筆頭幕僚を務める。

「ペルセウス殿下は、メロディアさまの到着前に、わざと火蓋を切ったようですな。どうやら、自軍だけで敵を破る自信がおありのようだ」

そう嘲笑混じりに評言したのは、黒衣の男だった。

黒いべっとりとした髪に、こけた頰。細身なのに背だけはひょろりと高い。目鼻立ちは悪くないのだが、陰気な見るからに何か企んでいそうな雰囲気が、すべてを台無しにしている。

吸血鬼だといわれたら信じてしまうものもいるのではないかと思える容姿をした、この男の名前はシュナイゼル。

年齢不詳の見た目だが、実際は二十七歳だ。メロディアの幼少期からの従者である。

母親はバルザック地方の領民の娘で、かつてこの地で雌伏していたオルディーンが中央の目をごまかすため、遊興に興じたときに集めた名もなき妾の一人だった。戦乱が始まって御役御免となったあとに父親不明の子供を産んだ。それを知った軍務卿ゲリュオンが母子ともに引き取り、子供を養子とした。

ゲリュオンの実の子とも憶測されているが、山麓朝軍の総帥として常に一線にいた彼女がひそかに出産できるはずはない。また、父親はかの悪の大魔導士ヴラッドヴェインなのではないか、という噂もまことしやかに囁《ささや》かれている。

「ならば兄上のお手並み拝見といこう」

「……」

高みの見物をするという上司にアンナはもの言いたげな顔をしたが、シュナイゼルはただちに手配する。

「全軍、停止。この地にて陣形を整える」

メロディアに率いられた三千の兵士は、友軍に呼応せずに陣形の再編を進めた。

戦風にたなびくメロディアの髪が青銀色なのに対して、戦場で振り乱されるペルセウスの髪は金色《こんじき》だ。

まったく似ていない外見からわかるように、兄妹といっても異母兄妹である。

母親の違う兄弟姉妹というのは、たいてい仲が悪い。兄弟というのは、ただでさえライバル意識を持ちやすいのに、母親が違うとさらに激しくなる。下手に血が繋がっているぶん、他人よりも関係が作りづらいものらしい。

ペルセウスとメロディアも、その多数例の一つであった。

メロディアの母親はオルフェといって、オルディーンの養家の娘であり、オルディーンを挙兵時から一貫して支えた人物だ。

対してペルセウスの母親はリフィルといって、ミラージュ家という貴族の当主であったが、山麓朝が有利となってから寝返ってきた。

これだけでもメロディアが、ペルセウスを嫌う理由は十分だった。

母親の血筋もあって、メロディアは自分こそが、山麓朝の後継者だと自任している。対してペルセウスは、長男である自分こそが後継者と自負していた。

つまり、この異母兄妹は、人前では仲良く兄妹ごっこを演じながらも、裏では蹴落とすチャンスを探しているのだ。

「敵に追われた味方が我が軍に逃げてきます」

伝令から報告を受けたシュナイゼルが、上司に報告した。

ペルセウスの奮闘もあって、山麓朝軍は優勢に戦っていたが、末端の兵士たちには綻びが生じたようだ。

メロディアは表情を変えることなく命じる。

「射よ」

「承知いたしました」

一礼するシュナイゼルとは逆に、アンナは目を剥《む》く。

「味方ですよ！」

主将に詰め寄ろうとする筆頭幕僚を、主将の従者が冷徹な表情で遮る。

「敗軍が混じると我が軍まで崩れる恐れがございます。先生は我が軍に無用な危険を招くおつもりですか？」

「くっ」

紫色の三つ編みを振るったアンナは、殺人未遂者のような目でシュナイゼルを睨む。

シュナイゼルとアンナは同じ年である。それで同じ王宮に仕える上級貴族の子弟だ。幼馴染といっていいほど古い付き合いなのだが、犀利なシュナイゼルと、人情家のアンナでは水と油である。

いいたいことは山とあった女騎士だが、主将の決断にたてつくことは軍の乱れに繋がると判断したのだろう。

飲めないものを無理やり飲むように押し黙った。

それを見てシュナイゼルは命令を下す。

「当てる必要はない。放て」

弓箭隊《きゅうせんたい》が前面に出て、十本あまりの矢が一斉射撃された。

驚き、自分たちは味方だと主張する兵士たちに向かって、シュナイゼルは嘲笑混じりの声を張り上げる。

「栄光あるラルフィント軍の兵士ならば、恥を知るのですな。敵陣に突撃して死ぬも、臆病者の汚名に塗《まみ》れて死ぬもおのおのの方の自由だ」

「ちきしょう！」

味方に殺されるくらいならばと、自棄《やけ》を起こした兵士たちは引き返していく。

「ふっ、さすがはペルセウス殿下の部下は勇敢だ」

友軍の督戦《とくせん》に成功したシュナイゼルの皮肉な評価に、アンナが詰め寄る。

「あなたは味方を射ることに躊躇《ためら》いを感じないのですか？」

「すべては勝つためですよ。先生」

黒衣の肩をそびやかせシュナイゼルは傲然《ごうぜん》と言ってのける。

援軍たるメロディア軍が参加しなくとも、山麓朝はよく戦っていた。

陣頭で戦うペルセウスの奮闘もあるが、後ろに陣取ったメロディア軍が安心感を与え、士気を維持させているという側面もあるだろう。

そんな一進一退の混戦状態を、大地にすっくりと両足をつき、錫杖を片手に見学していたメロディアが口を開く。

「そろそろよかろう」

「御意」

シュナイゼルは左手を胸に当てて、深々と一礼する。

それを受けてメロディアは、一歩進み出て黄金の錫杖を天高く翳《かざ》す。

「炎神を解き放て！」

戦場の上空に、巨大な火の玉が出現した。

「大魔法だと⁉」

戦場の兵士たちは驚愕《きょうがく》する。その直後に火球が破裂した。

ドォオオオン！！！

轟音とともに火炎の滝が降り注ぎ、さらにあたりの地面から火柱がいくつも噴き立った。

「なっ⁉」

アンナは唖然とする。

単に大魔法を起動させただけではこんなことは起きない。あらかじめ工作部隊を先行させて、あたり一面に可燃物を撒き、火攻めの準備をしていたのだ。

戦場全体が炎に巻かれている。

「友軍を囮にしたのですか？」

「わたしを出し抜こうとしたのは、兄上のほうだ」

青銀色の髪を爆風にたなびかせながら、酷薄な笑みをたたえたメロディアは悪びれずに言ってのける。

アンナは即座に、シュナイゼルに詰め寄った。

「あなたの策ですね。このような卑劣なことを」

「くっくっく、戦争に倫理観を持ち込むなど、愚かなことです。それよりも、ここからは先生の出番ですよ」

シュナイゼルの言葉を待つことなく、黄金の錫杖を翳したメロディアは命じる。

「全軍、突撃。残った敵を掃討せよ」

「くっ」

いいたいことを飲み込んだアンナは踵《きびす》を返した。そして、愛馬に跨る。といっても、馬ではなく天馬だ。

白い翼を広げた天馬はふわりと浮き上がり、アンナは長槍を翳す。

「メロディアさまに忠誠を誓う勇敢なる兵士諸君、わたしに続きなさい！」

宣言と同時にアンナは先頭を切って突撃していき、それにメロディア軍の兵士たちは従った。

炎に巻かれて乱戦模様となっていた戦場に、無傷の新手が投入されたことで、戦局は一気に山麓朝軍の方に傾く。

その光景を見て、メロディアの背後に立って観戦していたシュナイゼルが感嘆する。

「軍略家としては甘い先生ですが、陣頭の猛将としての手腕はさすがですな」

「わたしが父上にねだって、家庭教師にしてもらったのだ。当代一の天馬騎士だぞ」

メロディアは傲然と戦場に向かって胸を張った。

※

勝敗は決したとはいえ、雲山朝はただちに総崩れにはならず、各地で勇者たちが孤軍奮闘している。

「ちっ、えげつないことをするやつがいる」

そう苦々しく吐き捨てたのは、黒いチューブトップブラに、黒いスパッツの兵士。モスグリーンのフード付きのジャケットを羽織り、左肩にだけ矢避けの盾をつけている。引き締まった腹部と臍《へそ》はさらし、黒い手袋をした手には弓矢を持つ。

つまり女の弓兵だ。

黒い短髪にシャープな顔立ち。女にしては背が高く、胸は年相応に大きく、腹部はくびれ、尻は大きい。鍛え抜かれた張りつめた雰囲気が、いかにも腕に自信のありそうなやり手の女弓兵といった風格である。

このクールビューティーの名前はゲルダといって、今年二十歳になる。ヤザ村出身の傭兵だ。

この村は貧しく、傭兵が一番の産業である。よってゲルダも物心ついたときから、傭兵になるのだろうと思っていた。そして、予想通りに傭兵をしている。

山麓朝軍にも、雲山朝軍にも思い入れはない。今回はたまたま雲山朝軍として参加していただけだ。

しかし、味方を巻き込むことも厭《いと》わないというとんでもない火炎攻撃に巻き込まれて、部隊とはぐれてしまった。

傭兵が負け戦で最後まで命をかける道理はない。とっとと逃げようとしたゲルダの目がふと、高台に偉そうに鎮座した華やかすぎる装いの女将軍を捉えた。

「あれは……」

弓兵をやるくらいであるから、ゲルダの目は常人よりもはるかに遠くを見ることができる。

「あの女が火をつけたのか」

そう悟った白面が憎々しく歪む。

雲山朝に対して義理も忠誠心も感じていなかったが、勝ち戦を台無しにされたのは癪に障った。

それに食うために人殺しを生業にしているものにとって、いかにも金のかかった装いのお姫様というだけで嫌うには十分な理由だ。

(あの女は勝ちに驕って油断している。やれるんじゃないか)

その誘惑に駆られたゲルダは気配を消すと、そっと敵の陣に近づく。

(よし、ここからなら狙える)

普通なら射程外だ。しかし、自分の腕ならば届く。

ゲルダは村一番の弓使いだった。世界一だとまでは自惚《うぬぼ》れていないが、いまだに自分に

勝る弓兵と出会ったことはない。

(一矢で決める)

特に気負うでもなく、ゲルダは弓をつがえた。

鏃《やじり》を、戦場を悠然と見下ろしているど派手な姫将軍の眉間に向ける。

(お姫様はお城で股を開く相手を探していればいいんだ。戦場にまでしゃしゃりでてくるな。その綺麗な顔に穴を開けてやるよ)

あたりには火が竜巻のように渦巻いている。風を読むのが難しい。しかし、風の流れが安定した瞬間を見澄まして、矢を摘まんでいた指を開いた。

シュッ！

一矢が燕のように飛翔し、狙い違わず、性格悪そうな女の顔に吸い込まれていく。

(よし！)

会心の軌道だ。

しかし、目標に当たる寸前で、目に見えない膜のようなものに当たって弾かれた。

「……外したっ⁉　いや、魔法か」

軍の主将の周りに相応の防御がないはずがない。それに思い至らなかったゲルダは悔しげに呟く。

お姫様の傍らに立っていた陰気な男が、飛来した矢の方角に視線を向ける。

（しまった）

すぐに追いつかれるような距離ではないが、騎兵などを差し向けられたら面倒だ。ゲルダは迷わず踵を返した。

そのモスグリーンのジャケットの背をシュナイゼルの目は捉える。

「この距離を当ててくるとは、たいした腕前です」

感嘆したシュナイゼルは、一歩進み出た。

「しかし、メロディアさまを狙って、ただでは済ませられませんね」

白い手袋に包まれた右手が伸ばされた先で、逃げにかかった女弓兵の体に、ポタポタと黒い粘液が降り注ぐ。

「っ？　何これ？」

女弓使いが驚いて手で払おうとしたが、その手に付着した。

ボタボタボタボタと……払っても払っても粘液が体に絡みついてくる。

「ひぃぃぃぃ」

あまりのおぞましさに、クールビューティーの美貌《びぼう》が恐怖に歪む。

ヌラヌラとした粘液が、コートの中に入る。チューブトップブラやスパッツの中にもだ。

さらには口の中、鼻の中、目の中、耳の中、とありとあらゆる穴から液体が入ってきた。

「うご……」

全身を粘液で包まれた女弓兵は、悶え苦しみ、そして、動かなくなった。

おそらく窒息したのだろう。

そのあまりにもおどろおどろしい魔法効果に、メロディアの周りを守っていた親衛隊たちも鼻白んだ顔になる。

そんな中、メロディアは胸を張って笑った。

「あはは、シュナイゼル。兵士たちがドン引きしているぞ。そういう気持ち悪い魔法を使うから、悪の大魔導士ヴラッドヴェインの子供などという不名誉な噂を立てられるのだ」

主君から忠告を受けて、シュナイゼルは慇懃《いんぎん》に一礼した。

「恐れ入ります。以後、配慮いたしましょう。それはそれとして殿下。先生の奮闘もあり、勝敗は決しました。そろそろ戦闘の中止を命じてもよろしいでしょう」

「うむ、わかった。ただちに救護班を出せ。負傷したものは敵味方の違いなく手当をしてやるとよい」

「ははっ、寛大なる御心、必ずや兵士たちは感謝いたしましょう」

シュナイゼルはただちに手配をする。そして、メロディアは右手に持った錫杖を高く翳した。

「兵士たちよ。我々の勝利だ。勝鬨をあげよ。えい、えい、おう」

「えい、えい、おう。メロディア殿下、ばんざい」

山麓朝の兵士たちの勝鬨があたりを圧した。

※

「戦略的に価値のない戦いとはいえ、勝利するのは小気味よいものね」

初陣を見事に勝利で飾ったメロディアは、王都ゴットリープに凱旋した。

父親のオルディーンからも誉められて、珍しく興奮気味の主君が鎧を脱ぐのを、従者であるシュナイゼルは手伝う。

「お見事な差配でございました」

両腕を左右に広げて立つメロディアから、黄金の肩当て、籠手を外し、軍靴を脱がす。

赤い軍服を外すと赤いブラジャーが露出する。当然、王族に相応しい透かしの入ったゴージャスな下着だ。

それを外すと、白い乳房が二つあらわとなる。

大きすぎるわけでも、小さすぎるわけでもない。程よい大きさの至高の乳房だ。

まるで皮を剥いた果実の如き瑞々しさだ。

乳房をさらしたというのに、メロディアにはまったく恥じ入る素振りがない。同時に主君の乳房を見ても、シュナイゼルの表情は微動だにしなかった。

主人と従者である。これは日常的な行為なのだ。

陰気な従者は、主君に最後に残った赤いパンツ、その腰骨にかかった紐を解いた。

ハラリと薄い布切れは落ち、土手高の恥丘を彩る青銀色の陰毛があらわとなる。

「ふぅ～」

一糸纏わぬ瑞々しい裸体をさらしたメロディアは、解放感を楽しむかのように両腕を頭上にあげ、脇の下をさらしながら大きく伸びをする。

絶世の美女というにはまだ早い。だからといってもはや子供ではない。その狭間ゆえの妖精の如き至高の美体であった。

生まれながらの王族であるメロディアは、常に誰かしらの視線がある状態で育ってきたのだ。裸体を見られることに羞恥心を感じない。まして、シュナイゼルは側近の中の側近だ。

体の隅々まで知られている。いまさら裸を見られてもなんとも思わない。

「風呂の準備は整っているわね」

「ぬかりなく」

「ならば運んでちょうだい」

一糸纏わぬ姫君は、そのまま従者に向かって倒れ込んだ。

シュナイゼルは、お姫様を文字通りお姫様だっこで抱え上げると、部屋を出た。

陽はすっかり暮れており、満天の星の下、バルコニーの空中庭園に大理石の露天風呂があった。

メロディアお気に入りの浴槽だ。

シュナイゼルは、主君をそこに横たえさせる。

乳首がちょうど水面にくるほどの水深だが、メロディアが脚を伸ばせる広さはあった。

メロディア用に作られた特製風呂なのだから当然だ。

湯にはさまざまな薬液が混ぜられ、湯面には美しい華が撒かれている。

「ふぅ〜」

適温の湯で体が解れたメロディアは満足げな吐息を一つつくと、湯船の縁に右の肘をつき、口角を吊り上げる。

「それにあの異母兄《にい》さまの悔しそうな顔は見ものだったな。まさに骨折り損というものだ。うふふ、シュナイゼル、おまえも痛快だったのだろ？」

「御意」

淡々と応じたこの従者と異母兄に因縁があることを、メロディアは知っていた。

シュナイゼルとペルセウスは同じ年で、そのため、二人は同じ学校で学んだ。

しかし、武勇に優れ、公明正大なペルセウスと、智謀に優れ、謀略を好むシュナイゼルは、見事なまでに馬が合わなかったらしい。

さまざまな確執の果てに決別し、シュナイゼルは、メロディアの従者になった。

ときにシュナイゼル十七歳、メロディア七歳のころの出来事である。以後、十年間。主従は一緒にいる。

シュナイゼルは、軍務のトップであるゲリュオンの養子とはいえ嫡子だ。将来を嘱望され、エリートコースを歩んで不思議ではない。

それなのに、王位継承順位は高いとはいえ、女であるメロディアの傍付きになったのだ。裏がないはずがない。

おそらく、ペルセウスが王座に座ったとき冷や飯食いになることを予想し、それを阻止《そし》するためにメロディアを担ごうとしている。そのことをメロディアは洞察したうえで受け入れていた。

「ペルセウスを追い落とすのは通過点に過ぎないか？」

挑発的に笑ったメロディアは、肩を竦《すく》めると右足を湯船からあげる。

「……」

その美脚を押し戴いたシュナイゼルは、さながら宝石でも磨くように恭《うやうや》しく洗う。

十歳も年上の男に脚を洗わせながら、メロディアは嘯《うそぶ》く。

「おまえの思惑通り、わたしは父上の跡を継ぐ。そして、必ずやわたしは両朝を統一して、ラルフィント王国の栄光を復活させる。世界帝国の初代皇帝となってみせるわ」

「メロディアさまならば叶いましょう」

湯の中で陰毛をゆらゆらとたなびかせる主君の脚を付け根近くまで洗いながら、シュナイゼルは淡々と答える。

メロディアの夢は、シュナイゼルの夢だ。いや、この野心家の男が無垢な王女さまに吹き込んだというほうが正解だろう。

シュナイゼルは、文字通りメロディアを手塩にかけて育てたのだ。

必ずや政敵であるペルセウスを失脚させて、メロディアをラルフィント王国山麓朝の女王にする。そして、いま分裂している雲山朝を吸収。晴れてラルフィント王国の女王、いや、ラルフィント帝国の初代女帝にするために、シュナイゼルは活動していた。

主君の両脚を洗ったシュナイゼルは、ついで主君の腕を手首から肩まで洗いながら、マッサージをする。

それが終わるとメロディアは、両腕をあげた。さらされた腋の下を洗ったあとは、メロディアの背後に回って、脇の下から手を回して、乳房の洗浄にかかった。

「……」

男に乳房を触られたというのに、メロディアは瞼を閉じて何もいわない。実に堂々たるものだ。

主君の乳房を両の掌にすっぽりと包んだ従者は丁寧にマッサージを施す。

「ん……」

年上の男に乳房を揉まれ艶《なま》めかしい声を出してしまったメロディアは、苦笑交じりに言い訳する。

「女王になるためには必要な努力だとわかっているのだけど、少し恥ずかしくなるわ」

主君の乳房を揉みながら、シュナイゼルは淡々と応じる。

「女の美貌は武器になります。それも極めて有効な。覇業を成就させるためには磨いておくべきでしょう」

メロディアの美貌は、巧まずしてあるわけではない。

もちろん、容貌に優れた母親を持つメロディアが美人になる素養は十分にあった。

しかし、何もしなければ、どこにでもいる美人だ。

メロディアはもとがいいうえで、美人でいようと努力している。だからこそ、絶世の美人たりえているのだ。

日々の食事に気を遣い、適度な運動をし、そして、毎日の入浴と、全身に擦り込まれる薬液。そして、形を整えるための美容マッサージも。

これを欠かさぬから、他の追随を許さぬ美貌となっている。

ちなみにメロディアの母親の乳房は、お世辞にも大きいほうではなかった。つまり、メロディアの乳房が水準以上の大きさを持つに至ったのは、日々の努力の賜物《たまもの》なのである。

陰気な従者に毎日揉まれることによって、はぐくまれたのだ。

「刃も砥がなければ錆《さ》びます。女の美貌もまた常日頃からの手入れが欠かせません。宝石は人の手で磨かれてこそ価値がある。原石などただの石ころと変わりません」

「わかっているわ。続けて」

「了解しました」

シュナイゼルの手の中で、純白の肌を赤く彩る乳首が、ツンと鬼の角のように突起した。そこを親指と人差し指で摘まむ。

「くっ」

メロディアは湯船の中で両の太腿をきゅっと閉じる。

乳首から電流を流されたかのような衝撃を、メロディアは奥歯を噛みしめて耐えた。

「……」

陰険な男は黙々と、野心家の王女の乳首をクリクリとこね回す。

「くっ、くくく……」

これも覇者になるための修行の一環なのだ。それなのに、気持ちいいなどと感じてしまうことに罪悪感を覚えるメロディアは、必死に唇を閉ざす。

しかし、十七歳の健康な女体だ。いくら誇り高い性格をしていようと、男に両の乳首を扱き倒されてはたまらない。頭の中が真っ白になってしまう。

気づくとシュナイゼルは乳房から手を離して、タオルで手を拭っていた。

「メロディアさま、僭越《せんえつ》ではございますが、あまり長湯をいたしますと、風邪をひかれますよ」

「そうね。そろそろ上がるわ」

惚《ほう》けていたメロディアは、なんとか意識を取り戻して湯船から立ち上がった。

いまだに豊麗な乳房の先端で、乳首はビンビンに勃《た》っている。

湯船から出たメロディアの体を、バスタイルで拭いたシュナイゼルは、素肌にバスローブを羽織らせる。

それから椅子に座ったメロディアに、冷たい飲み物を差し出した。

「どうぞ」

メロディアのお気に入りである冷やしたアップルティーだ。

主君が飲み物を楽しんでいるうちに、背後に立った従者は、魔法の温風で青銀色の頭髪を乾かしてやりながら、梳《くしけず》る。

これが終わると余暇だ。毎日、さまざまな行事や勉強に追われるメロディアにとって唯一といっていい自由時間だ。

「読書をなさいますか？」

従者からの確認に王女は首を横に振るった。

「いえ、今日はさすがに疲れたから早く休むわ」

「それがよろしいでしょう」

大きく頷いたシュナイゼルは、主君のバスローブを脱がせてやる。

メロディアは再び素っ裸になった。その裸体を、横抱きに抱え上げた従者は、天蓋付きの寝台に運ぶ。

一年ほど前から、メロディアは自室では裸で寝る習慣になっていたのだ。

身を横たえた主君に、シュナイゼルは掛け布団をかけて整えてやる。

「では、お休みなさいませ」

「ええ、お休み」

メロディアはそっけなく目を閉じる。シュナイゼルは天蓋を閉じた。それから部屋の明かりが消されて、側近の気配がなくなる。

それを確認したメロディアは、目を開く。

「……」

薄暗い闇の中、メロディアは頭を乗せていた枕を抱き寄せると、股の間に挟んだ。そして、うつ伏せになると股間を夢中で枕にこすりつける。

「はぁ……、はぁ……、うん……」

いけないことだとわかっているのに、やめられない。

しばし夢中になって自涜に励んでいたメロディアは、不意に気配を感じて顔をあげた。

天蓋が開かれて、そこには陰気な従者が冷めた眼差しで見下ろしている。

「っ!?」

息を呑むメロディアを、シュナイゼルは嘲笑する。

「くっくっくっ、覇王になられようという方が、一人寂しくオナニーだなどと感心いたしませんね」

かっとなったメロディアは股から抜いた枕を、無粋な従者に投げつける。

「煩いわね。わたしにだって性欲ぐらいあるのよ。それともあなたが解消してくれるの」

「ご下命とあらば」

天蓋を開いたシュナイゼルは、慇懃に一礼した。

「えっ⁉」

皮肉をいったつもりが真に受けられて、メロディアは珍しく動揺する。

「で、でも、わたしの結婚は、わたしたちの野望にとって極めて大事な選択のはずよ。処女か否かで女の価値は違ってくるから、軽々しく捨てることはできないわ」

「ふっ、処女膜をそのままに性欲を解消すればいいだけのことでしょう」

「そんなこと……できるの？」

戸惑うメロディアに、シュナイゼルはごく事務的に命じた。

「そうですね。とりあえず、こちらにきて、両膝の裏を抱えてください」

「……」

シュナイゼルを全面的に信頼しているメロディアであったが、さすがに女としての道徳心から躊躇った。

硬直している主君に、シュナイゼルは肩を竦める。

「別にいまさら、メロディアさまの裸など見てもなんとも思いませんよ。毎日、用をなさるとき、拭いて差し上げているのはわたくしですよ」

「そ、そうよね」

物心ついたときから、シュナイゼルには着替えの手伝いをしてもらい、風呂では体を隅々まで洗われているのだ。

納得したメロディアは寝台の上で腰を下ろし、両太腿の裏を抱えると、シュナイゼルに向かってM字開脚した。

「こ、こう?」

何事にも動じないメロディアも、これはさすがに恥ずかしいことをしているという自覚があるのだろう。赤面した顔を背ける。

「よろしいでしょう。姫様のお美しいお尻の穴までよく見えます」

「くっ」

頬を引きつらせる主君の股間を、シュナイゼルはしげしげと眺める。

ヒクヒクと肉裂が痙攣《けいれん》し、狭間から溢《あふ》れた蜜が肛門にまで滴った。

「おやおや、股を開いただけで溢れたマン汁が、アナルにまで流れている。メロディアさまは存外、淫乱な質なのかもしれませんな」

「シ、シュナイゼル、あなた、主君に対して言葉が過ぎるわよ……」

　誇り高い女は怒気をあらわにしたが、尊大な従者は恐れ入らずに平然と応じる。

「誉めているのですよ。メロディアさまは、感度のいい女と呼ばれるのと、感度の悪い女と呼ばれるの、どちらが嬉しいですか？」

　考えたことのない質問だったのだろう。メロディアは少し黙考してから不承不承に答えた。

「それは……、感度のいい女……」

「ええ、メロディアさまはとっても感度がよくていらっしゃいます。マン汁が豊富なのはいい女の証といわれますが、ここまで大洪水ですと、少々はしたないといわざるを得ませんね」

　胸のポケットからハンカチを取り出したシュナイゼルは、メロディアの肉裂から溢れた汁を拭った。

「あん」

「おや、アナルで感じてしまいましたか？」

「そ、そんなことは……」

　動揺するメロディアに、シュナイゼルは右手を伸ばす。

「では、確認してみましょう」

陰険な男の右手の中指が、改めて美しいお姫様の皺皺の肛門に添えられ、トントンと軽やかに打診する。

「はぁん」

必死に喘ぎ声を我慢しようとしたメロディアであったが、全身がプルプルと震えて、再び大量の蜜を肛門にまで垂れ流してしまった。

糸を引く蜜を掬《すく》い上げたシュナイゼルは、指先をハンカチで丁寧に拭った。

「どうやら、メロディアさまはアナルでも感じることのできる体のようですね」

「だから何よ？」

恨めしげに睨んでくる主君に対して、不遜な家臣は肩を竦める。

「アナルは女性によって個人差が大きい性感帯です。アナルに触れられてもまったく感じないという女もいるくらいですからな。それに比べてメロディアさまは、アナルに触れただけでこの感じよう。これは尻穴淫乱女として開花する余地も十分にございます」

「……。そんなものになるつもりはないわ」

「失礼しました」

主君に睨まれた従者は、慇懃無礼に頭を下げる。

「では、メロディアさまのご要望通り、性欲を解消して差し上げます。オ○ンコを広げてくださいませ」

「……。わかったわ」

顔を真っ赤にしたメロディアは、しばし信頼する側近を睨みつけたが、やがて諦めたのだろう。

左右の中指を肉裂に添えると、ぐいっと左右に開いた。

くぱぁ……トロトロトロトロ……

中に溜まっていた蜜が、大量に流れ落ち、肛門どころか、シーツにまで広がった。

「おやおや、これでは何も見えない」

シュナイゼルは温かい蒸しタオルを用意すると、メロディアの肉花を丁寧に拭った。

「ああ……」

女の秘部を洗われている間、メロディアはかつて見せたことのない表情で惚けていた。

「これでよしっと」

主君の恥蜜を一通り拭き取ったシュナイゼルの視界には、尿道口までしっかりと映った。

主人の女性器を隅々まで確認した側近が眉を顰《ひそ》めたことに、メロディアは動揺する。

「はぁ……はぁ……はぁ……ど、どうしたの？」

自分の生殖器が気にならない人はいないだろう。まして、若い娘が他人の目にさらしているのだ。

シュナイゼルは悲しげに頭を振るった。

「なんということでございましょう。メロディアさまのオ◯ンコが匂うのは処女ならではのことと思っておりましたが、こんなにもマンカスが溜まっていたとは……側仕えのものとして一生の不覚。今後はオ◯ンコの中はもちろん、クリトリスを包む皮の中まで丁寧に洗わせていただきます」

「そ、そうなのか？　よ、よろしく頼むわ」

メロディアはいつもの調子でクールに応じようとしたが、雪白だった頬が桃色に紅潮してしまっている。

この慇懃無礼な側近は、明らかに性的に無知な主君をからかって遊んでいるのだが、メロディアに気づく余裕はなかった。

シュナイゼルはさらに、膣穴の四方に指を添えて開き、覗き込んだ。

「おお、一つ穴型の見事な処女膜です。まさに値千金、いや、それ以上の価値がございます。これは大事に取っておかねばなりませんな」

無礼な男に翻弄《ほんろう》されるのは、メロディアのプライドが許さなかったのだろう。顔の火照りを消せないまでも、必死に威厳を保った表情で睨んでくる。

「そ、そうよ。わたしの処女を欲しがる男に高値で売りつけるの。だから、シュナイゼル、わたしの処女を維持したまま、わたしを満足させなさい」

「御意のままに」

一礼したシュナイゼルは開いていた膣穴から指を離すと、今度はその女の船底の先端にあった朝顔の蕾《つぼみ》のようになっている肉芽をトントンと打診してきた。

「はぁん」

せっかく威厳を整えたメロディアの表情がたちまち崩れてしまう。

「姫様のクリトリスは包茎ですね。中身は勃起《ぼっき》していても、まったく顔を出す気配がない」

「……」

意味がよくわかっていないメロディアの陰核《いんかく》を、シュナイゼルは摘まみ、持ち上げる。

「あ、ああ……」

「ここを自分で触れた経験は？」

女の急所を捕らえられてしまった小娘は、首をイヤイヤと左右に振るぅ。

「な、ないわ。そこ自分で触れるの、なんか悪いことのような気がしたし……。だから、枕を股に挟んでこすりつけていたの……」

「なるほど、姫様は本当に純真でいらっしゃる」

オナニーすら満足に経験のない小娘の陰核を、十歳年長の男は慎重に弄《いじ》った。

「はぁぁぁ」

「痛いですか？」

「い、痛くはないわ。ただ、そのしびれるみたいに気持ちいい。は、恥ずかしい」

顔を真っ赤にして、涙目になっている主君に向かって、従者は首を横に振るう。

「恥ずかしがることはございません。クリトリスが敏感ではない女はいませんから」

「そ、そうなの……？」

「ええ、ですから、喘ぎ声を我慢する必要はありませんよ。メロディアさまは王者になるのです。王者とは何者にも支配されないもの。気持ちよければ気持ちいいと思いっきり楽しめばいいのです。誰をはばかることがございましょう」

シュナイゼルの指先は、摘まみ上げた包茎陰核を素早く扱きあげる。

「そ、そうね。あ、ああ……気持ちいい、気持ちいいわ、シュナイゼル。そこ気持ちいいの」

「それはよろしゅうございました」

オナニーすら罪悪感を覚えて満足にできないお姫様が、異性に陰核を一点責めにされてすっかり夢中になっている。

包皮越しに陰核を揉んでいたシュナイゼルは、不意にズルリと包皮を剥きあげた。

「はぁぁぁ」

生まれて初めて女の急所に空気を感じた女は悲鳴をあげたが、その剥き出しの陰核を、男の濡れた指先は、触れるか触れないかの微妙な距離で弄《もてあそ》ぶ。

「あひっ、ひぃ、ひぃぃぃぃ……」

強すぎる刺激に、メロディアは悲鳴をあげた。しかし、シュナイゼルの指先にはたっぷりと愛液がかかっていたので、耐えがたい痛みではないようだ。

その濡れた指先が、剥き出しの突起の外縁をなぞる。

「ひぃ、そこ、ダメ、しびれる……なんでやめるの？」

不意に男の指の動きが止まった。メロディアは戸惑いを隠せない。

「ダメと命じられましたので」

シュナイゼルの平然とした返答に、メロディアは悔しげに頬を震わせる。

「無礼者め……。クリトリス、触って。もっとクリトリスをクリクリしてほしい……」

「承知いたしました」

主君の命令を受けた従者は、再び剥き出しの陰核を人差し指でこね回し始めた。

「はひぃ、はひぃ、はひぃ……」

女の急所を一点責めにされたメロディアは、左右の口角から涎《よだれ》を垂らして、細い顎《あご》を上げ、白い喉をさらして身悶えた。

「何これ？　すごい、変？　気持ちよくておかしくなりそう……もう、耐えられない、ああ」

切羽詰まっている主君の陰核を弄びながら、シュナイゼルは語り掛ける。

「メロディアさまの体がそろそろ絶頂するのでしょう。我慢の限界に達したとき、イクと叫ぶのが女の作法です」

「そ、そう、わかったわ。ああ、イク、イク、イク、イク――――！！！」

生まれて初めてイクと口走ったことで自己暗示がかかったようだ。

呼号することによって、声色は高まり、艶やかとなり、そして、背中はのけぞった。

全身を激しく痙攣させたメロディアは、寝台に仰向けに倒れると、股間を高く掲げ、下腹部を激しく波打たせる。

プッシュ――――！！！

傲慢で知られた王女さまの肉裂から、大量の生暖かい飛沫《しぶき》があがった。

それを頭から浴びてしまったシュナイゼルは、濡れタオルで顔を拭ってから口を開く。

「初めての絶頂のときから潮噴きとはなかなか派手でございますね。さすがはメロディアさまでございます」

「はぁ……、はぁ……、はぁ……」

ジョオオオオオ……

メロディアの股間からまだ液体が溢れていた。それを見たシュナイゼルは軽く目を見開く。

「くっくっく、潮噴きではなく失禁でしたか？　イキながら失禁するとはいささかはしたないですね。わたくしの前でならば構いませんが、初夜の晩にこれをやると、以後、旦那様に同衾《どうきん》を拒否されることになりかねませんからご注意ください」

「だ、だめ、止まらない……ああ……」

冷酷非情として知られた美しすぎる姫将軍が、顔を真っ赤にし、涙目となり、寝台に仰向けに倒れ、両腕を頭上にあげて腋の下をさらしつつ、両脚は蟹股開きという、なんともだらしない姿で惚けていた。

その完全にイってしまった主君の痴態を確認したシュナイゼルは立ち上がり、慇懃に一礼した。

「ふっ、どうやらご満足いただけたようでよかった。今宵はここまででよろしいでしょう」

理性を失っている姫様の痴態の痕跡を、シュナイゼルは魔法を使って消すと、掛け布団を整えてやった。

このまま寝かせておいたのでは、風邪をひいてしまう危険がある。

メロディアの側仕えの侍女たちは、みなシュナイゼルの手駒であったが、下手に痕跡を残して、いらぬ騒動を起こすこともない。

シュナイゼルにとってこの小娘は、野望を実現するための、もっとも大事な手駒である。

「これぐらい従者として当然の務めです。今後ともご入用なときには遠慮なさらずにお命じください」

そういってシュナイゼルは天蓋を閉じた。

「……」

※

世界の四分の一を支配した大国ラルフィント王国。それを二分する一方の雄オルディーンの息女にて、野心家で知られた王女さまは、この夜を境に就寝前のひと時、信頼する側近に指マンをさせることが日課になる。

# 第二章　暗殺者の作り方

「英雄諸君、みなのものの奮戦に、このメロディア、深く感謝する」

ど派手な黄金の髪飾りをつけ、鎧を纏い、それでいて赤いパンツを丸出しにしているという、およそ常人にはできない奇抜な服装をした王女さまは、大勢の聴衆を前に謝意を表した。

初陣を勝利で飾ったメロディアは、参戦してくれた兵士たちをねぎらうために戦勝祝賀のパーティーを開いていたのだ。

王都ゴットリープの北にある狩猟場を会場にして、八千人の兵士が集まる。

メロディアの麾下は三千人だったのだが、会戦に参加した全兵士の参加が許された。

夫、息子、あるいは恋人の晴れ姿を見ようと兵士たちの家族も会場入りしている。

さらには場を盛り上げるために給仕や楽師や道化師などもかき集められたから、優に二万人を超える人々が揃っていた。まさに大盛況のお祭り騒ぎである。

戦の総大将はペルセウス王子だったはずが、これではメロディアが総大将であったかのようだ。

もちろん、そう見せるための政治ショーである。

それとわかっているペルセウス王子およびにその側近たちは面白くないだろうが、ケチをつけて、自らの器の小ささをさらすのも面白くないので、黙認していた。

「メロディアさまばんざい」

ただ飯とただ酒にありつけるのだ。兵士たちは大喜びである。

「メロディア姫、お美しい。まさに戦乙女」

「未来の女王さまに乾杯――――っ！」

気前のいい王女さまに、気の早い敬称を付けるものもいる。

姫様に続いて、黒衣の陰気な男が進み出た。両手を腰の後ろに組んで声を張り上げる。

「なおメロディアさまは、兵士諸君への感謝の証として、このたびの戦いを記念したメダルを私財を投じて作ってくださいました。各人忘れずに受け取るように」

「おお」

喜ぶ兵士たちを見て、メロディアは満足そうに頷く。

当初、シュナイゼルから戦の記念メダルを作ると提案されたとき、彼女は小首を傾げた。

「そのようなものを配って、意味があるのか？」

記念メダルなどを作って配るくらいならば、少しでも報奨金の額をあげたほうが喜ばれるのではないか、と考えたのである。

　シュナイゼルは首を横に振るった。

「姫様や貴族や将軍、あるいは騎士にとってはただの安っぽい記念品に過ぎません。しかし、一般の兵士たちにとっては極めて大事なものとなります」

　たかがメダル。されどメダルである。

「金銭はどこまでいっても金銭です。名前を書いて保存できるものではございません。しかし、メダルは生涯の自慢の種として手元に置かれることでしょう。これを子供や孫に見せびらかしながら、自分はこの戦いに参加して活躍したんだぞ、と語ることができる。それが国家や姫様への忠誠心のよすがとなるのです」

「そういうものか。では、そのように手配してくれ」

　許可こそしたものの本当に喜ばれるかどうか、メロディアは半信半疑であったのだ。

　兵士たちの喜びようを見るに側近の進言は正しかったらしい。納得して手を振っていると、家庭教師にして筆頭幕僚のアンナに耳打ちされた。

「姫様、あの男はたしかに優秀かもしれませんが、あまり信頼しすぎないほうがよろしいと思います」

「どういう意味か？」

神妙な表情を作ったアンナは一段と声を潜めた。

「姫様の寝室にも自由に出入りをさせているとか」

「あやつはわたしの従者だからな」

毎夜、風呂に入ることを手伝わせ、さらに最近では寝る前に自慰の手伝いまでさせているのだが、さすがのアンナもそこまでは知らない。

知っているのは当人たちと、あとはメロディアの身の回りの世話をする侍女たちだけだ。その侍女たちから、秘密が漏れることは決してない。メロディアは彼女たちと友誼《ゆうぎ》があるからだと信じているが、それだけではなかった。

実は彼女たちはみなシュナイゼルの愛人であり、経済的にも優遇されている。そして、もし裏切ったら、ただでは済まないということを身に染みて承知しているからだ。

「あらぬ噂の素になりかねません。姫様はいずれ嫁ぐ身なのですから」

家庭教師からの忠告を、メロディアはそのままシュナイゼルに伝えた。

「どうやら、先生はペルセウス殿下に通じているようですな。そのような話をするということは、水面下で姫様の嫁ぎ先が探られているのでしょう。手を打ちますか」

メロディアは少し考えたあとで首を横に振るった。

「放っておけ。結婚話などわたしが不承知ならばそれで立ち消える話だ」

「御意」

　メロディアの器の大きさに感じ入ったように、シュナイゼルは一礼する。

「そんなことよりも、いまはみなの人気取りのほうが大事であろう。せっかくこのような機会を設けたのだからな」

　兵士たちが飲めや歌えの宴会をしている輪に、酒瓶を持ったメロディアが近づく。

　もちろん、万が一に備えて、その背後には親衛隊たちが従う。

「これは姫様。このようなむさくるしいところに」

「畏《かしこ》まらずともよい。本日の主役はおまえたちだ。兵士がいなくては戦にならぬ。このたびは誠にご苦労だった」

　尊大な王女さまは、せいいっぱいの愛想笑いとともに一般の兵士に酌をして回った。

「ありがとうございます」

「まさか酒を注いでもらえるとは……。今後とも姫様のために命をかけて戦います」

　雲上人である王女さまに手ずから酌をされて、兵士たちは歓喜している。

　生まれながらの女王然として振る舞うメロディアに、みな忠誠心を刺激されずにはいられない。

　それはシュナイゼルといえども例外ではなかった。

(重厚な人柄と、パンツ丸出しのファッションのギャップ、実に尊い)

　このときシュナイゼルは気づいてしまった。大勢の目がある中で、彼だけが気づいたのは、メロディアのもっとも熱烈な信者が他ならぬ彼だったからかもしれない。

　兵士たちをねぎらって回る主君の背後に近づいたシュナイゼルは、そっと耳打ちする。

「殿下、一大事が出来《しゅったい》いたしました」

「何事だ」

　謀叛でも起きたのか、それとも国王が暗殺されたのか、どのような悲報が来ようとメロディアは動じない。

　兵士たちに酌をしながら、メロディアは悠然と受けた。

「殿下の鼠径部から毛がはみ出しております」

「……」

　一瞬、空白の時間が生まれた。

　言葉の意味を脳裏で反芻《はんすう》したメロディアは、酌をする手が止まった。

「……ウソ⁉」

　目を丸くしたメロディアはとっさに股間を両手で隠そうとしたが、それをシュナイゼルが制止する。

「決して股間を手で隠すような素振りはなさいませんように。遠目にはわからないはずですから、堂々と振る舞っていれば問題はございません」

「わ、わかったわ」

人一倍自尊心の強いメロディアは、羞恥に耐えながらも、外面は超然とホストとしての務めを全うした。

そして、休憩室に入るやいなや、自分の股間を覗き込む。

ローライズの赤いパンツのハイレグラインから青銀色の長い毛が数本飛び出ていることを確認すると、ソファーに顔を埋めて嘆く。

「最悪、……死にたい」

いくら神聖にして犯しがたいお姫様とはいえ、若い娘である。人前で陰毛をさらしていたというのは、耐えがたい体験だったようだ。

ましてメロディアは万余の人の前で演説してしまったのだ。陰毛をさらしたまま。

穴があったら入りたいという心境なのだろう。

すっかり落ち込んでいる主君を、部下として一人だけ部屋に入ることを許されたシュナイゼルは慰める。

「大丈夫です。姫様の陰毛に気づいたものはおりません。陰毛王女という綽名がつけられた様子もありませんからご安心ください」

ソファーから頭だけ捻《ひね》ったメロディアは恨みがましい表情で側近を睨む。

「おまえのせいだ。インパクトが大事だなどといってこのような恰好をさせるから、いらぬ恥を掻いた」

「神々しいお姿だと評判ですよ。わたくしとしましては、キャメルトゥをさらすくらいのインパクトが欲しかったんですがね」

「……キャメルトゥって何？」

戸惑うメロディアに、シュナイゼルは肩を竦める。

「平たくいえばマンスジですね。一部の女たちは意図的に見せています」

「そんな破廉恥な真似ができるか！」

頭はいいが、世間知らずなお姫様は、パンツ見せ戦装束もたいがいだという発想はないようである。

主君に怒られてしまった従者は、やれやれといいたげに首を横に振るう。

「主役たるメロディアさまが、そうそう会場を留守にするわけにはいきません。陰毛が見えたぐらい、そう気にすることもないと思いますが、どうしても気になるというのでしたら仕方ありません。見えている毛は抜いてしまえばよろしいでしょう」

「そ、そそそ、そんなことはせずに、スカートを穿けばいいのではないか？」

さすがに動揺するメロディアに向かって、シュナイゼルはしたり顔で笑う。

「そのようなことをしたら兵士たちが暴動を起こしますよ。姫様を見習って女兵士たちの間で、ビキニ鎧やパンツ見せファッションが大流行しております。そのファッションリーダーが宗旨替えしたとあっては……」

「くー……わかった。シュナイゼル、任せるわ」

一度始めてしまったファッションをいまさら改めることもできず、メロディアは不承不承、受け入れた。

ソファーの上で仰向けになったメロディアは股を開く。毎夜、オナニーの手伝いをさせているのだ。いまさらシュナイゼルの前で股を開く作業に対抗はない。

「承知いたしました」

陰気な従者は、主君のパンツからはみ出た陰毛を引き抜こうとした。

「イタっ」

「暴れないでください」

苦言を呈されたメロディアは目元に涙を溜めて睨む。

「でも、痛いわよ」

「仕方ありません。時間がありませんから、失礼」

溜息をついたシュナイゼルは、主君のパンツの腰紐を解いた。

あらわとなった青銀色の陰毛は決して濃いほうではない。ふわっと綿菓子のように煙っているだけで、むしろ、薄いほうだと思われる。それゆえに油断して手入れがされていなかったのだ。

シュナイゼルは懐から剃刀を取り出す。

「剃りますよ。それならば二度とハミ毛をする心配はございません」

「え、そ、剃るって、え？」

混乱する主君を他所《よそ》に、忠臣を気取った男は剃刀を下ろす。

「ちょ、ちょっと⁉」

まさか剃毛されるとまで思っていなかったメロディアは慌てたが、女にとって極めて敏感な部分に刃物を添えられたので、身を固くして大人しくなった。

その間に、シュナイゼルは刃を閃かせる。

「終わりました」

剃刀を懐に戻したシュナイゼルは、メロディアの股間の毛を払って股の間から抜ける。

緊急事態だけにシェービングクリームの用意はなく、姫様の柔肌に傷をつけないように気をつけねばならなかったので、かなり雑な剃毛であった。

「これでハミ毛の心配はする必要はありません。お望みでしたら、今晩にでも風呂に入ったときに丁寧に整えますが、いまはこれで我慢してください」

「くー、威厳を保つのは大変だな」

パイパンになった股間を見て、メロディアは溜息をつく。

次の瞬間、禿丘となってしまった亀裂からトロッと蜜が溢れ出した。

溜息をついたシュナイゼルはハンカチを取り出して拭う。

「ハミ毛は収まっても、愛液が垂れていたのではより恥ずかしいことになると思いますが……」

臣下の苦言に、女帝気取りの少女は顔を赤くする。

「わかっているわよ。でも、おまえに敏感なところを弄られたんだから仕方ないでしょ。わたしは濡れだしたら止まらないのよ。そのことはおまえが一番よく知っているでしょ。これを治めるには一度満足するしかないわ。シュナイゼル、いつものをやって」

「はぁ、ここでですか？」

呆れた表情になるシュナイゼルを、メロディアは睨む。

「そうよ、おまえのいう通り、早く会場に戻らないといけないわ。手早くやりなさい」

「承知いたしました」

やれやれといいたげな態度で陰部に手を伸ばした臣下に、メロディアは不満そうな顔で言い募る。

「あ、待って。指マンだけではなくて、たまにはおっぱいにも触って」

「毎晩、触らせていただいておりますが……！」

風呂に入ったメロディアの全身をくまなく洗うのは、シュナイゼルの日課である。乳房の美容マッサージも欠かしたことはない。

メロディアはあたふたしながら主張した。

「マッサージではなくて、その……なんというか、おっぱいを揉まれながら、オナニーの感覚を得たいというか、つまりはおっぱいを吸ってほしいの。おっぱいというのは吸われると気持ちいいのでしょ。おっぱいを吸われながら、指マンされたいのよ。それのほうが早く満足できると思う」

「……」

シュナイゼルにじっと見られたメロディアは、視線を泳がせる。

「おっぱい吸われたからって、処女でなくなるわけではないでしょ。だったらおっぱいを吸ってくれてもいいじゃない」

シュナイゼルが難しい顔で押し黙っているので、メロディアは不満げに口元を尖らせる。人前では超然と振る舞う傲慢な王女さまが、このような年相応な表情を見せるのも、シュナイゼルと二人きりのときだけだ。

「左様でございますね。可及的速やかに姫様の性欲を満足させるにはそれが手っ取り早いでしょう」

シュナイゼルは恭しく一礼した。

「よし」

満足な答えを得たメロディアは、ソファーに寝転がったまま両腕を上げた。

胸甲を外せというジェスチャーである。

生まれながらのお姫様であるメロディアには、自分で服を脱ぐという発想はない。

そこでシュナイゼルは、恭しく黄金の胸甲を外してやる。

皮を剥いたばかりの梨のような瑞々しい乳房があらわとなった。幼少期から一人の男の手によって揉み育てられた極上の果実である。

朱色の乳首はすでにビンビンに勃っていた。

ノーパンノーブラのお姫様を抱え上げた従者は、ソファーに腰を下ろす。メロディアは、シュナイゼルの左側に両足を投げ出した横座りとなった。

メロディアが仰向けに倒れないように背中に右腕を回して、そのまま右の乳房を鷲掴《わしづか》みにした。そして、左手をメロディアの股間に入れる。

「あん」

甘い声をあげる主君の股間をまさぐりながら、シュナイゼルは苦笑する。

「メロディアさまのクリトリスは、触れてもいないうちからずる剥けになっていますね」

「おまえがいつも剥くから癖になってしまったんだ。おまえが悪い」

「それは酷いおっしゃりようだ。メロディアさまのご要望に添うよう誠心誠意努めているだけですのに」

嘯いたシュナイゼルは、左手の人差し指と中指と薬指で、小さな女性器を包み込むと、そのまま前後に動かした。

クチュクチュクチュクチュ……

恥ずかしい水音が、室内に響き渡る。

「ああん」

男の指マンに身を任せることに慣れてしまったお姫様は、男の膝の上で恥じらいもなく大股開きになってしまった。

シュナイゼルの鼻先では、美しいパールピンクの乳首がビンビンにしこり勃っている。

「お願い、一度でいいから、おっぱいしゃぶって。おっぱい吸われてみたいの」

忠誠を誓った主君に切ない表情で懇願されて、陰気な男は舌を伸ばした。

ペロリ
「あん」

気高きお姫様の柔肌に、初めて男の唾液が塗られた。

初潮を迎える前から美容マッサージと称して、毎夜、弄り倒されてきた乳首であったが、舌で舐められたのは初体験である。

レロレロレロ……

シュナイゼルの舌はさながら毒蛇の舌であるかのように、長く伸びて気高き姫君の赤い果実を卑猥《ひわい》に舐め回す。

男の唾液にねぶり回された乳首が、浅ましいほどに突起する。

「ああ、気持ちいい、気持ちいい、気持ちいいわ、おっぱいを舐められるの、気持ちいい」

国内外では冷酷非情な野心家として知られた王女さまなのだが、シュナイゼルに身を預けているときはただの小娘である。

口角から涎が溢れて、細い顎を濡らす。

「ああ、でも、乳首、乳首を吸って、乳首を吸われたいの。お願い、シュナイゼル、乳首を吸って、おまえにずっと吸ってもらいたかったの」

いまだ乳首を吸われたことのないメロディアであったが、女としての本能なのだろう。執拗《しつよう》にせがんできた。

それに応えてシュナイゼルは、満を持して朱色の乳首を口腔《こうこう》に含んだ。そして、チューッと強く吸引する。

「はひぃ♪」

メロディアの両目がグルンと上方向に裏返った。

右の乳房を揉まれ、股間を弄られながら、左の乳首を吸われる。この三点責めに覇者を夢見る女は、なんとも締まりのないアヘ顔になってしまった。

男の手に包まれた股間からは、抑えきれなかった愛液がダラダラと滝のように落ちる。

「イク――――ッ」

男の腕に抱かれながら、メロディアは背筋を反らして、ビクビクと痙攣した。

こうして陰毛を処理して、多量な愛液をすべて絞り出したことで難を逃れたメロディアは身支度を整えると、いつもの傲慢な表情で休憩室を出た。

そして、戦勝祝賀のパーティーのホスト役を大過なく務めて、兵士と国民の人気を不動なものにしたのである。

「はじめまして。わたしの名前はシュナイゼル。メロディア殿下の従者を務めております」

戦勝祝賀パーティーのトラブルを無事乗り切ったシュナイゼルは、その夜、主人の鼠径部の毛を改めて剃り、ツルッツルの鏡のように整えてから、日課であるオナニーのお手伝いをした。

※

満足した主人を布団に寝かしつけてから御前を辞したシュナイゼルは、とある捕虜と面会する。

捕虜の監禁部屋といっても、個室であり、寝台もあって、それなりに清潔感が保たれていた。

現在のラルフィント王国で行われているのは内乱であるだけに、敵味方が簡単に入れ替わる。そのため捕虜を虐待しないのが慣例だった。

その部屋にいたのは、黒い短髪に、白い顔をした、背の高い女だ。

切れ長の目元に、シャープな顔の作り、クールビューティーという言葉を具現化したかのような容貌をしている。

年齢は二十歳前後といったところだろう。その年齢に相応しい、凹凸に恵まれた体に、モスグリーンのフード付きのジャケットを羽織り、黒いチューブトップと黒いスパッツを身につけている。

「あんたの噂は聞いているよ。王女さまのパンツ持ちってな」

部屋の住人は不機嫌そうな表情で、慇懃無礼に挨拶してきた面会者を睨んだ。

シュナイゼルが部屋に入る前に、部下に命じて、彼女の両手を縛り、天井から吊るさせたのが不満だったのかもしれない。つま先は辛うじて床についているので、苦痛ではないはずだ。

とはいえ、愉快な道理はない。

シュナイゼルは、女の顎を掴むと前を向かせた。

「先に断っておきます。わたしに対する暴言は甘受しますが、姫様に対する暴言を吐いたら、殺しますよ。言動には十分に気を付けてください」

目の前にいる男の狂気を察したのだろう。頬に汗を一筋流した女は頷いた。

「……。わかったわよ」

彼女の顎から手を離したシュナイゼルは、両手を後ろに組んだ。

「よろしい。では、話を続けましょう。先の戦いで貴女の弓の技量を見せていただいた。実によい腕前をお持ちだ。射撃の正確さ、他人に気づかれずにあそこまで接近した技術、いずれも賞賛に値する。あぁ、ところで貴女のお名前を伺ってもよろしいですかな。名前がわからないとどうにも会話がしづらい」

「ゲルダだ」

「ゲルダさんですか。よい名だ」

女の不機嫌なオーラに頓着《とんちゃく》せずに、シュナイゼルは自分のペースで話を続けた。

「見受けますところ、貴女は傭兵のようだ」

「ああ……」

「ならば貴女の身代金を払うものはいない。無駄飯を食わせる余裕はないですから、とっとと売り払うべきでしょうね。幸い貴女はなかなかの美貌をしている。娼館なら高く買い取ってくれるでしょう」

相手の意図が脅しであると察したゲルダは、苦々しい表情で吐き捨てる。

「あたしは傭兵だ。金さえもらえればなんでもする」

「ほぉ、なんでもしますか？」

「ああ、あたしに何をやらせたい」

ゲルダの鋭い眼光に睨まれて、シュナイゼルは考える表情になる。ないしは考えている振りをした。

「貴女は頭もいいようだ。話が早くて助かります。実は少々、やっかいな事案でしてね。

任に耐えうる者を探しています。貴女の技量は問題ないと思うのですが、人となりのほうがわからない。人間性を信用できるかどうか、見極めさせてもらいます」

「ふん、好きにしろ」

捕虜である自分には選択肢がないのだ。ゲルダはいけ好かないといった風に顔を背ける。

「では、面接を始めさせていただきます」

一礼したシュナイゼルは懐から剃刀を取り出した。

ゲルダが知るよしもないが、メロディアの陰毛を剃るのに使用されたものだ。

「……」

シュナイゼルは剃刀を、ゲルダの鼻先に近づける。

刃物を近づけられても、ゲルダの顔色は変わらなかった。

薄い刃は、ゲルダの鼻筋から、唇、顎、喉元、鎖骨とギリギリで触れない距離を降りていく。

ブツリ。

チューブトップブラの真ん中が斬られた。

黒い布は弾けて、成熟した大人の女の乳房が二つ、あらわとなる。

服の上からもわかっていたことだが、見事な大きさだ。乳首は程よく大きく、ワインレッド色をしている。

乳房を見られてもゲルダは、顔色一つ変えなかった。

「素晴らしい」

感嘆したシュナイゼルは剃刀をしまい、両手で拍手をする。

「貴女は弓兵として腕前だけではなく、度胸もある。そして、美しい。大変、気に入りました」

「で、あたしに誰を暗殺させようというんだ」

「おや、申し出る前に依頼内容がわかりましたか」

意外そうな顔をしてみせるシュナイゼルに、ゲルダは吐き捨てる。

「あたりまえだ」

「ふむ」

少し考える表情になったシュナイゼルは、ゲルダの顔をしげしげと見る。

「ターゲットを教える前に、お互いの信頼関係が欲しいですね。貴女はわたしを信用していない」

「……この状況で信頼しろというほうが無理だろ。ただ安心しろ。あたしもプロだ。依頼された仕事はする」

シュナイゼルは白い乳房の重量を量るように弄ぶ。

「貴女の仕事に対する姿勢は尊重しますが、幸いなことにゲルダさんは女性で、わたしは男だ。男と女は手っ取り早く信頼関係を築く方法がある」

「……」

不審そうな顔をするゲルダの左の乳房の頂、ワインレッド色の乳首をシュナイゼルの右手の指先が摘まんだ。

「つまり、セックスをしましょう。男と女がわかりあうのにこれに勝る手段はない」

「き、貴様、女がセックスすれば言いなりになるなどと考えているゲスか？」

怒気を全身から溢れさせたゲルダは、表情を憎々しげに歪める。

その殺意を込めた視線を平然と受け止めながら、シュナイゼルは乳房を揉みしだく。

「少し違いますね。わたしは、女は快感の奴隷だと考えています。ですから、気持ちよくして差し上げますよ」

嘯いたシュナイゼルは、ゲルダの背後に回ると、腋の下から腕を入れて両の乳房を豪快に揉みだした。

「くっ、このようなことをすると逆に信頼を失うぞ」

「まぁ、そう怖い顔をしないことです。せっかくの美しい顔が台無しですよ。わたしが仕事を依頼した時点で、貴女とわたしは一蓮托生となる。身も心もとはいきませんから、せめて肉体だけは繋がっておきましょう。自分の女だと思えば、わたしも安心できるのですよ」

「自分の都合だけをベラベラと……くっ」

揉みしだかれた乳房の先端を彩るワインレッド色の乳首が、すぐに勃起してしまった。

これは肉体の反射というものでどうしようもない。目元を擦れば涙が出るのと同じだ。

クールな眼差しに軽蔑を込めて後ろを睨む女の乳首を摘まみ、クリクリとこね回し、さらにはきゅっと引っ張りあげた。

「ああん」

「おやおや、意外といい声で鳴いてくれますね」

耳の後ろから嘲笑されて、ゲルダは悔しげに唇を噛みしめるが、縛られている身では抵抗できない。

シュナイゼルは右手を下ろすと、スパッツの上から、ゲルダの股間を撫でまわす。

女は背後から抱きしめられ、乳房を揉まれたり、股間を弄られたりすると感じやすいのだ。それは普段、オナニーしているときと同じ角度で手が入って違和感が少ないためだといわれている。

「き、貴様、女の扱いに慣れているな」

「それほどでも」

謙遜しながらもシュナイゼルは、自らの腰を女の臀部《でんぶ》に押し付けた。

「っ」

男の昂《たか》ぶりを察したゲルダは、息を呑む。

その間も、シュナイゼルは執拗に指を動かした。

薄い生地が、女の股間にぴったりと張り付く。結果、女性器の形が浮き上がり、シュナイゼルの指先には、陰核の突起まではっきりとわかった。

じわっとスパッツの股間部分に、温かい染みが広がる。

「どうです。気持ちよくなってきたのでしょう。わたしを受け入れる気になったんじゃありませんか？」

「ふざけるな。このむっつりスケベ野郎」

「そろそろだと思ったのですが……なら、こういうのはいかがですか？」

嗜虐《しぎゃく》的に笑ったシュナイゼルの指先が、肉裂をぐいっと押し、薄布ごと膣穴に押し入った。

「はぁ⁉」

ビク、ビクビクビク……

ゲルダの肩が激しく痙攣した。

本人の意思とはかかわりなく、女としていまが盛りと咲き誇っている体は、執拗に乳房を揉まれ、勃起した乳首を扱かれ、スパッツ越しに性器を弄られて、絶頂してしまったのだ。

「はぁ……、はぁ……、はぁ……」

軽く目を閉じたゲルダは、両手を天井から吊るされたまま肩で息をする。

「くっくっく、楽しんでもらえたようでよかった」

嘲笑を浮かべたシュナイゼルは、ゲルダの体からいったん手を離した。

ゲルダは悔しげに吐き捨てる。

「くっ、ゲスが……」

「そう嫌わないでください。わたしとしては貴女の信頼を勝ち得るために努力しているのですよ」

嘯いたシュナイゼルは、懐から再び剃刀を取り出した。

そして、再びゲルダを背後から抱きしめると、剃刀をゲルダの下半身に下ろした。

「……」

さすがに緊張するゲルダが見下ろす中、剃刀は濡れて変色しているスパッツの股間部分を丸く切り取った。

中から黒いブーメランパンツがあらわとなるも、その腰紐も切られて奪われる。

黒いスパッツの中に白い肌が覗き、そこから濡れ光る黒いフサフサの陰毛が溢れた。

「なかなかいい濡れっぷりです」

シュナイゼルは、両手の親指を陰唇の左右にあてがい、開いた。

トロー……

中に溜まっていた蜜が、滝となって床に落ちる。

「いい女はよく濡れるものですよね」

さすがに恥じ入っている女の耳元で囁きながら、無粋な男の指が秘裂の内部を弄る。

「あ、ああ、あああん……や、やめろ、そこは、ああ」

陰核を摘ままれ、尿道口を撫でられ、膣穴に指を入れられる。

「や、やめてぇぇぇ……」

気丈なる女傭兵も、ついにはへっぴり腰で弱音を吐いてしまった。

膣穴に押し入ろうとしたシュナイゼルの指が止まる。

「おや、これは意外です。貴女のようにお美しい方が膜持ちだったとは。傭兵の方々はも

っと自由にセックスを楽しんでいるのだと思いましたよ」

「体を預けると、男はつけあがるから、女はそう簡単に体を許したりはしない」

「なるほど、貴族社会のほうが貞操は緩いのかもしれませんね。わたしなんて物心がついたときには、侍女に悪戯《いたずら》されていましたよ」

ちなみにこれは養母ゲリュオンの教育方針であったらしい。女で失敗する男にならないように、と女の抱き方、堕とし方を骨の髄まで教えられたのだ。

苦笑したシュナイゼルは、女性器から手を離して、ゲルダの正面に回った。

相手が処女だと知って、思い直してくれたのだろうか。そうゲルダは一瞬、考えた。

しかし、その希望は一瞬で潰えさる。

「破瓜《はか》の痛みに涙する女の顔を見るのも嫌いではありませんが、貴女にはこれから仕事をしてもらわねばなりません。体にダメージを残すわけにはいかない。あまり痛みが出ないよう、入念な愛撫をして差し上げますよ」

そういってシュナイゼルは跪《ひざまず》き、ゲルダの股間に顔を埋めた。

「はぁ、や、やめろ、き、汚い」

庶民のごく保守的な貞操観念しか持たぬ女は、男に股間を舐められるという発想がなかったようで慌てる。

しかし、爛《ただ》れた貴族社会で生きていた男は、女の恥部を舐めることに抵抗がない。女の秘部に押し入った舌を縦横に動かした。

「あっ、あっ、あっ、あっ、あっ」

いままでの指マンとは比べ物にならない刺激に惚けたゲルダは、口角から涎を垂らした。いや、スパッツ越しのもどかしい愛撫と、直接のクンニ。この落差によってより深い快感となっているのかもしれない。いや、なっているのだろう。この陰険な男が、その手の計算をしていないはずがない。

そうとわかっていても、肉体的な快感が変わるものではなかった。

男の舌が膣穴に入り、拡張するかのように回転し、さらには処女膜を舐められる。

「あ、あああああ……」

遠い目となったゲルダは、大きく開いた口角から涎を垂らしながら、再び身も世もなく絶頂してしまった。

それと見て取ったシュナイゼルは、蜜の溢れる股間から口を離し、取り出したハンカチで口元を拭う。

「さて、そろそろお待ちかねですね。陰茎を入れさせていただくとしましょうか」

「くっ、貴様みたいな貧弱野郎の粗チンで、このあたしがどうにかなると思うな」

ゲルダの悪態を聞き流しつつ、シュナイゼルはズボンの中から男根を取り出す。

「バカとハサミは使いよう。陰茎だとて使いようですよ」

ゲルダは、シュナイゼルの男根など見たくはなかった。見たくはなかったのだが、処女ゆえの好奇心でチラリと視線を向けてしまう。

「っ⁉」

思わず息を呑み、目を剥いてしまった。

細身の体とは裏腹な、節くれだった巨根。それも黒々と淫水焼けをしている。

そのあまりにも凶悪、いや、邪悪な男根を見て、ゲルダは凍りついた。そして、いままでのクールビューティーぶりをどこかに投げ捨てて叫んだ。

「な、なんだ！　その大きさは！　無理！　絶対に無理！　裂ける！　あたし、そんな大きいの入れられたら、絶対に裂ける！　裂けちゃうぅ！」

「くっくっくっ、意外とかわいい反応をしてくれますね。なるほど、本当に経験がないらしい。大丈夫、女の体は、陰茎を受け入れるようにできているんですよ」

邪悪に笑った男は再び、囚われの女傭兵の背後に回った。そして、スパッツに包まれた大きな尻を突き出させると、切り広げられた穴の中の濡れ濡れとなっている膣穴に逸物《いちもつ》を添える。

「貴女の傭兵としての腕前、体、そして、処女膜。すべて纏めて買わせてもらいますよ」

「傭兵が売るのは腕だけよ。体を売ったら娼婦。あたしは娼婦じゃないわ」

「なるほど、それは失礼しました。ならば純粋に楽しみましょう」

スパッツに包まれたがっちりとした臀部を左右から掴まえたシュナイゼルは、逸物を前に進めた。

亀頭部が膣穴に埋まり、処女膜に触れる。

「や、やめろ、あ……」

ブツン！

抵抗空しく女の最後の砦は、あえなく突破された。

そこからゆっくりと狭い隧道を押し広げながら、ズブズブと男根は沈んでいく。

「お、おおお……」

両腕を頭上から吊るされているゲルダは、背筋を反り返らせて、口を開く。まるで股間から入った異物が、口から出てくるとでもいいたげな姿だ。

そうこうしているうちに、男根は根本までずっぽりと押し入ってしまった。

長い肉竿が、女の最深部に届く。

肉棒に穿たれた箇所から、鮮血が一筋滴り、白い肌を流れてから黒いスパッツに吸い込まれた。

シュナイゼルは感嘆の声をあげる。

「おお、さすがは鍛えている方のオ○ンコは違う。貴女は一流の弓使いというだけでなく、一流のオ○ンコをお持ちだ。これを使わないのはもったいない」

女の意思とはかかわりなく、やわやわとした襞肉が肉棒に絡みついてくる。

ゾク……、ゾク……、ゾク……

ゲルダは血液が逆流しているとでもいうかのように震えた。

「っあ、待って、貴様。なに、これ、はぁん、ウソ、き、貴様、妙な魔法を」

「まさか、セックスの最中に魔法を使うなどという無粋なことはしませんよ。ただ、そう思えるほどに気持ちいいのだとしたら、わたしと貴女の体の相性がよかったということでしょうね」

女だてらに傭兵をしていただけあって痛みに耐性があり、また、二十歳という年齢ゆえに男を受け入れる牝として完成していたのだろう。破瓜の痛みよりも快感が勝っているようだ。

苦笑を浮かべたシュナイゼルは、両手を腋の下から入れて程よい大きさの乳房を揉みしだきつつ、腰をゆっくりと前後させる。亀頭部が、子宮口を何度も小突く。

「はぁぁぁぁん」

「おやおや、貴女はここが弱点でしたか？」

生まれて初めて子宮口に触れられた女は、目から涙、口からは涎を出しながらイヤイヤと首を左右に振るう。

「だ、ダメ、こんなの……き、気持ちいい、こんなの初めてぇ」

「これはこれは、嬉しいことをいってくれますね。そんなに喜んでもらえるとわたしとしてもサービスしたくなります」

女の弱点を見抜いたシュナイゼルは、執拗に子宮口をグリグリと押した。

「あっ、イク……、イク……ッ、イッ……、あっ、あっ、あっ、あっ」

膝を閉じ、腰を突き出しただらしない姿勢で、肩を、背中を、尻を、両膝をゾクゾクと震わせる。

切れ長だった目元の奥で黒い瞳が上を向く。鼻の孔を縦に伸ばし、だらしなく開いた口元からは喘ぎ声とともに、涎を垂らしている。

未知の快感に、我を失ってしまっている牝の顔だ。当初のクールビューティーの面影は、完全に失われてしまっている。

「うほほほほほぉぉぉ」

キュンキュンキュンキュンキュン……

無様《ぶざま》な嬌声《きょうせい》とともに、膣洞が狂ったように収縮してきた。

やり手の女傭兵は、初めての体験にわけがわからぬままポルチオアクメに達してしまったのだろう。

「おお、これはたまりませんね。どうやら本当に、わたしたちの相性は最高のようだ。くっ」

心にもないことを嘯いてシュナイゼルは、亀頭部を子宮口に押し付けたまま欲望を爆発させた。

ドクンッ！　ドクンッ！　ドクンッ！

「ひぃいいいいいぃ」

クールで仕事のできる女傭兵が、ただの小娘であるかのような嬌声を張り上げて悶絶した。

ゲルダの膣穴には、溢れかえるほどの精液が注ぎ込まれたのだが、それは単にゲルダの肉体の気持ちよさの対価、というだけではなかったかもしれない。すなわち、本日、メロディアへのご奉仕で溜まっていたシュナイゼルの欲望が、ここで爆発したのだ。

「おやおや、初めてだというのに、見事なイキっぷりでしたね。やはり、貴女のオ○ンコは、わたしの陰茎と大変、相性がよかったということです」

満足したシュナイゼルは萎んだ男根を引き抜くとともに、脱力しているゲルダの両手を縛っていた縄を解いてやった。

「はぁ」

足腰に力が入らないゲルダは、そのまま床にへたれ込み、膝を開いて尻だけを高く翳した。

尻の穴を男にさらしたまま小鹿のようにプルプルと震えていたが、やがて閉じていた膣穴が開き、ドバッと大量の白濁液を溢れさせる。

「わたしもずいぶんと張り切ってしまったようだ。わたしは貴女のことを気に入りましたよ。弓の腕も、人柄も、そして、オ○ンコもね。今後ともいい関係を続けていきましょう」

おためごかしをいいながらシュナイゼルはハンカチを取り出すと、ゲルダの股間を拭いてやる。

ハンカチには白濁液だけではなく、赤い血も付着した。

恥辱に震えながら後処理を受け入れていたゲルダが、口を開く。

「ねぇ、一つ聞かせて。あたしが裏切ったら、どうなるの？」

「当然、わたしは処刑でしょうね」

「あんたの大事なお姫様は？」

膣内までハンカチで丁寧に拭いながら、シュナイゼルは肩を竦める。

「もちろん、なんの害もおよびません。そのように手配してあります」

「ふぅ、そう、いいわ。あんたの依頼、受けてあげる」

諦めの吐息とともに身を起こしたゲルダは、シュナイゼルの首っ玉に両腕を回すとともに唇を重ねた。

※

「いや、お見事。期待通りの働きです」

ゲルダは、シュナイゼルの手筈通りの仕事をしてのけた。

ペルセウス王子派の巨頭であるオズボーン卿の暗殺の成功報告に現れたゲルダは、コケティッシュな笑みを浮かべながら自ら進んでパンツを脱ぐ。

「成功報酬、もらってもいいわよね」

「ええ、もちろん。弾ませていただきましょう」

かくして、ラルフィント王国を震撼させる恐るべき女暗殺者が誕生した。

# 第三章　奸計

「あの女、まだ例の件を調べているようだよ」

執務についていたシュナイゼルのもとに、モスグリーンのフード付きのジャケットに、黒いチューブトップブラとスパッツという装いの女傭兵が、侍女から受け取ったコーヒーを運んできた。

シュナイゼルの仕事は、メロディアの従者として、身の回りの世話をするだけではない。家宰として、主君の領地の経営から、個人的な財産の管理、さまざまな行事の日程を決めるなど、多忙を極める。

公にはできない裏の仕事担当のゲルダには、表向き家人という地位が与えられていた。もっとも本人には、給料をもらって仕事している自分を、いまだに傭兵だと思っている節がある。

「アンナ先生ですか」

コーヒーを口元に運びながらシュナイゼルは応じる。

「ええ、もうしつこいのなんのって、姫様の家庭教師以外の時間は、捜査ごっこにうつつを抜かしているわ」

「貴女の仕事は完璧でした。そうそう尻尾が捕まえられるとも思えませんね」

ペルセウス王子派の巨頭であるオズボーン卿の暗殺。国家の要人を射殺したら、大事になる。

そこで狩猟中の事故死に見えるように偽装したのだ。

考えたのはシュナイゼルだが、ゲルダの神業があって初めて可能な仕事であった。

「それがそうとばかりもいってられないことになった。あたしの狙撃ポイントに、あの女の天馬が下りたんだ」

「ふむ、天馬騎士ならではの視点ですか。それはちょっと盲点でしたね。空から見ると矢の軌道がわかりやすいのかもしれない」

少し考える表情になったシュナイゼルに向かって、ゲルダは執務机に右手と右膝を乗せて間合いを詰めた。

椅子に座るシュナイゼルの位置からは、チューブトップブラから零れ落ちそうな大きな乳房の谷間が覗き見える。

さらに上体を前に出したゲルダは、雇い主の耳元で囁いた。

「あの女も消しちゃおうか？」

軽く眉を上げたシュナイゼルは冷静に応じる。

「却下です。そんなことをしたら、誰が犯人であるか自白するようなものではないですか」

「そうもいってていら、はんっ⁉」

なお言い募ろうとしたゲルダは息を呑む。無造作に長い手を伸ばしたシュナイゼルに、尻を鷲掴みにされたのだ。

「同じ策を、何度も使うのは愚か者のすることです。今回は別の策を使うとしましょう」

「は、はい……」

すっかり調教されてしまっている女は、スパッツ越しの臀部を掴まれただけで頬を染め、大人しくなってしまった。

※

「やはり、ここから狙撃したとしか考えられない」

王都ゴットリープにある狩猟場から離れた、いまは使われていない見張り塔の上に天馬で降り立ったのは、紫色の髪を一本の三つ編みにして、ピンク色の鎧に白いファー付きの外套を纏った女騎士であった。

メロディアの家庭教師にして筆頭幕僚のアンナである。

ゲルダの見立て通り、彼女はオズボーン卿の狩猟中の事故死調査に血道をあげていた。

表面的な事実をいうのならば、オズボーンの放った矢に射抜かれた牡鹿が、怒り狂って逆襲。角で脇腹を貫かれて亡くなった、というものである。

狩猟ではたまにあることだ。決して珍しい事件ではない。しかし、時期が不自然であった。

内々の話であったが、オズボーンとメロディアの結婚の話が持ち上がっていたのだ。

国王オルディーンも乗り気であったという。そうなればペルセウスの王太子擁立は決まったようなものだ。その流れが見えた直後の事故である。

オズボーンは、アンナの同期といえる男であった。武勇に優れ、ペルセウスとも仲がよく、誰もが祝福する結婚相手になったであろう。

「それが狩猟のミスで亡くなった。そんなバカな話があるか」

アンナは、メロディアが女王になりたい、両王朝を纏めて偉大なる祖国を統一した女帝になりたい、という野望を持っていることを知っていた。

しかし、そんなものは少女のかわいい夢だと思っている。

「女の一番の幸せは結婚することよ。メロディア姫は、変な野望にとりつかれるべきではない」

そして、メロディアを操っている男がいることも承知している。

「今回の事故死で、利益を得た者がいたとしたら、あの男だけだわ」

背がスラリと高く、眉目は悪くないが、筋金入りの冷血漢の顔がチラついて仕方がない。

アンナは、シュナイゼルと同じ年だけに、付き合いも古く、その人となりをよく知っていた。

「あいつがやったんじゃないの？」

証拠は何もなかった。しかし、状況から見て、暗殺を疑いたくなる。まして、彼女が黒幕だと目星をつけている男は、いかにもそういうことをやりそうなやつだった。

そこでさまざまな角度から検証した結果、鹿に刺さった矢が疑わしい可能性に気づく。

狩猟に参加していた者たちの目を盗んで放たれた矢。その狙撃が可能な場所をアンナは特定した。

「しかし、本当にこの距離から当てたというの？」

命中させるだけでも大変な距離だ。それを事故死に見せかけるべく鹿を暴走させる箇所に狙い当てたというのか。

捜査に当たった者は、あり得ないと判断したから事故死としたのだろう。

「可能だとしたら、超一流のスナイパー。こんな恐るべき腕前のものが無名などということがあり得るのだろうか？」

あり得ない。そう結論付けたアンナは、城に戻ると弓兵の名簿を探った。

武芸大会における弓術部門の優勝者。あるいは上位ランクのものに犯人はいると目星をつけたのだ。

もし先の戦いにおいて、アンナが天馬を駆り先陣で戦わず、終始本営にあったならば、主君を狙った恐るべき狙撃手のことを思い出したかもしれない。

しかし、その場面に立ち会っていなかった身には、まったく思い至らなかった。

結果、ラルフィント王国山麓朝の弓兵の中から達人を見つけると、そのアリバイや動機、人間関係を探るという、地道で無駄な努力をしてしまっている。

書類と格闘しているうちに、気が付けば日が暮れていた。

「ふぅ」

さすがに疲労を感じたアンナは、溜息を一つつくと、腕を回して肩を解した。

天馬を駆って最前線で戦うならば、アンリは誰にも負けないという自負がある。

若くして誰もが認める武功をあげ、王女付きの家庭教師に抜擢されたくらいだ。多少の自惚れは許されるだろう。

しかし、書類仕事はやり慣れない。まして、捜査などというのは初めての経験だ。

まったく成果が上がらず、泥沼に石を放っているかのような徒労感だけが残る。それでも、改めて書類に目を通そうとしたとき、思いがけない声がかかった。

「せいが出るな。アンナ」

顔をあげると、部屋の出入口に金髪の美青年がいた。

背が高く、細身なのに筋肉質な男だ。爽やかな雰囲気があり、いかにも女にモテそうな容姿である。

「これはペルセウス殿下」

慌てて立ち上がろうとしたアンナを、王子様は片手で制した。

「そのまま、続けなさい」

「はぁ」

礼儀としては起立すべきだが、王族の好意を無下《むげ》にするのも礼儀に反する。そのため中途半端な中腰になっているうちに、ペルセウスは歩み寄ってきて、アンナの背後に立った。

そして、両肩に手を置く。

「オズボーンの死を暗殺と断定して、犯人を捜してくれていると聞いた」

「素人が現場を掻きまわしているようで心苦しいのですが……」

「そんなことはない。オズボーンはぼくのよき理解者だった。それが暗殺などという卑怯な手段で亡くなったということになれば、ぼくも悔しい」

もし亡くならなければ、義弟となり、右腕となったであろう男の死である。

アンナは緊張に身を固くしながらも頷く。

「ご心中をお察し申し上げます」

「君には苦労をかけるな」

ペルセウスは、アンナの両肩から首筋にかけて、マッサージをしてきた。

王子がねぎらってくれているのはわかる。しかし、異性に触れられた経験のない女は、裏返った声を出してしまう。

「いえ、ペルセウスさまの御役にたつためならば苦労など厭いません。ペルセウスさまは将来、この国の王になる方なのですから」

「君はメロディアの家庭教師だろ。メロディアには王としての資質はないかい」

アンナは首を横に振るった。

「たしかにメロディア姫は、バルザック家という有力な外戚を有しております。勇気と決断力に富み、次代の王にと推す声は大きいでしょう。しかし、いまは乱世です。殿下という武勇に優れた男子がいますのに、わざわざ女性に王位を継がせることはないと存じます」

「君は、ぼくの即位を応援してくれるのかい」

「はい。ペルセウス殿下以外の何者が、王位に即かれましょう。メロディア姫にとってはしかるべき家に嫁ぐことこそ幸せです」

　アンナの躊躇わぬ返答に、ペルセウスは快笑する。

「くっくっく、その忠誠心に報いねばならないな」

「……？　そんなお礼など恐れ多い。まだなんの成果も出ておりません……」

「ぼくが報いたいのだよ」

　ペルセウスの笑い方に違和感を覚えたアンナであったが、直後に肩を揉んでくれていた右手が、スーと胸元に降りてきたことで吹っ飛んでしまった。

「っ⁉」

　服の襟元から入った手で、生乳を掴まれたアンナは息を呑み、身悶えながら背後に懇願する。

「で、殿下……わたくしのようなものに、このような……」

　驚くアンナの耳元の後ろから、美貌の好青年は甘く囁く。

「ダメかい？」

　顔を真っ赤にしたアンナは俯くと、両膝をモジモジとさせた。

「い、いえ、か、構いません。た、ただ、わたくし、こういうことは初めてで、殿下にお楽しみいただく自信がなくて……」

「アンナはこんなにも美しく、頭もいい。そのうえ天馬乗りの天才だ。絶対に成功する。将来、将軍職に就くことだろう。ラルフィント王国の歴史上、初めての女大将軍になるのは君だと思っている。だから、ぼくはお近づきになりたいんだ」

そのあまりに過剰な誉め言葉に、アンナは動転してしまう。

「そ、そんな……恐れ多い……。わたくしなんかの体でよろしかったら、殿下のお好きなようになさってください」

「ありがとう」

優しく囁いたペルセウスは、アンナの衣装の胸元を寛げさせる。露呈した翠色のブラジャーも下ろされて、白い双乳を露出させられた。

「ああ……」

王城、それも資料室などという公の場所で、乳房を出してしまったアンナは、動揺を隠せない。

しかし、女馴れしている王子様は、背後から見下ろして感嘆する。

「美しい。心の清い女性は、おっぱいも美しいね」

「そ、そのような……殿下はもっといくらでも美しい女性を楽しんでおられるのでしょう」

緊張に身を固くしながらも、頬を染めて畏まる女の白い乳房を両手に取ったペルセウスは、タプタプと弄ぶ。

「いやいや、こんな素晴らしいおっぱいを見たのは初めてだよ」

「お、お戯れを……」

王子様の食言だとは思ったが、アンナ自身、自分の乳房の形は決して悪くないのではないか、いう自惚れを持っていたから嬉しくなってしまう。

実際、年齢的な問題もあるだろうが、メロディアやゲルダよりも一回りは大きかった。

愛しい男に弄ばれた赤い乳首は、たちまちのうちに硬くしこり勃ってしまう。

「くっくっく……」

真っ当な王子様にしては、邪悪な笑みを浮かべたペルセウスは、女の自慢の乳房を存分に楽しんでから、硬くしこった乳首を摘まみ、クリクリとこね回し、さらにはシコシコと扱きたてる。

「あ、ああ……」

まるで搾乳するかのように乳房を揉まれ、アンナは実に嬉しそうだ。

その光景を後背から見下ろす、ペルセウスの眼差しには嘲笑の色が浮かんでいる。

(おやおや、こんなにうまくいくとは……。まぁ、先生は適齢期ですからね。結婚に焦っているというところでしょうか)

アンナが夢心地で身を預けている相手。その正体はシュナイゼルであったのだ。

いわゆる変身魔法である。人間の外見を変えるだけでは、あっさり見抜かれてしまう危険は十分にあった。

しかし、アンナ自身が、こういうことがあればいいな、という夢を見ていた出来事だけに、あっさりと信じてしまったようだ。

「あん、あん、あああん……」

敬愛する王子様に両の乳首を扱かれて、気持ちよさそうに目を閉じて浸っている女の耳元で、シュナイゼルは囁いた。

「アンナ、机に乗って、お尻を突き出しておくれ」

「わ、わかりました」

礼儀正しく常識をわきまえた女騎士としては、机に登ることに抵抗を感じただろうが、愛と忠義ゆえに乗り越えた。

机に乗ったアンナは、蹲踞《そんきょ》の姿勢で大きな尻を突き出す。

「これでよろしいでしょうか？」

羞恥に瞳を潤ませたアンナは、おずおずと背後を窺ってくる。

「ああ、次はズボンを下ろして」

「りょ、了解しました」

蹲踞の姿勢のままアンナは、いそいそとズボンを太腿半ばまで下ろした。

桃色のショーツに包まれた臀部があらわとなる。

「こ、これもでしょうか？」

「ええ、お願いします」

顔を真っ赤にしながらも、アンナは左右の腰紐に指をかけると、それも太腿の半ばまで下ろした。

股間とショーツの間には一本の細い糸が引いてしまっている。

羞恥に震えながらもアンナは机の上で、まるで用を足すような姿勢になってしまった。

（いやはや、あの誇り高い天馬騎士さまも、憧れの王子様を前にしてはただの肉人形ですか）

日常生活で見せる態度とのあまりのギャップに、果たしてどこまで恥知らずな要望に応じてくれるものか、試してみたくなる。

「アンナのお尻は実に魅力的だ」

これは世辞ではない。実際シュナイゼルは本気でそう思った。

パンッと張りつめたデカ尻は、鍛え抜かれた成人女性だけが持つ至高の尻だ。尻圧があるというのだろうか。肉がいまにも皮を破って出てきそうだった。

残念ながら、メロディアのような小娘とは格が違うといわざるを得ないだろう。

「お、大きくて恥ずかしいです」

「いやいや誇るべきだよ。こんなお尻を乗せて飛ぶ天馬が羨ましい。次は、お尻の穴とオ○ンコを広げてみてくれないか？」

「えっ⁉」

さすがのアンナも目を剥いて硬直した。しかし、ややあって頷く。

「わ、わかりました。殿下がお望みならば……」

愛しい男に向かって美尻を差し出しつつ、アンナは両手を左右から回して、尻朶と肉裂を同時に開いた。

「こ、こうでしょうか？」

机の上に乗った女は、恥部をさらして、恥ずかしそうに背後を窺ってくる。

皺皺の肛門から、紫色の陰毛がもっさりと茂った肉裂、その奥の鮮紅色の秘肉までがあらわとなる。

（おお、本当にやりますか）

シュナイゼルは内心で舌を巻いた。

普段は、まさに女騎士の鑑といった顔で、メロディアの家庭教師をしている姿が印象的なだけに、この痴態はなかなかに破壊力がある。

よく見れば肛門の周囲から、尻毛も生えていた。まさか今日、このような痴態をさらすとは思わず油断していたのだろう。陰毛もまったく手入れがされていないようだ。

「いい光景です」

いつも敵意丸出しで突っかかってくる女が、進んで媚びているのだ。冷徹な男でも、歪んだ歓びを感じる。

「アンナは、お尻の穴も、オ○ンコも実に美しい」

「できましたら、そこはあまり、見ないでいただきたい……あっ……」

自分でも無法地帯だという自覚があるのだろう。死ぬほど恥ずかしそうな顔をしているが、同時に大事な部分を視姦されることに牝としての歓びを感じてしまっているようで、さらされた淫華の奥で、まるで魚の口のようにパクパクと開閉していた膣穴から、トローと濃厚な蜜が滴る。

防護膜になっていたショーツから溢れて、机の上に広げられていた書類にかかった。

「こんなに濡れてくれるなんて、嬉しいよ」

情熱的に賞賛した偽王子様は右手を伸ばすと、まずは中指で尾骨に触れた。

そこから肛門に撫で降りる。

「あっ」

肛門を撫でられたアンナは、感じているというよりも、恥じているという反応だった。

しかし、女の恥じらいは快感に繋がる。それと知る邪悪なる男の指は、肛門の皺を確認するように撫でまわす。

「くっ、くぅ……」

奥歯を噛みしめ、唇を必死に閉じながらも羞恥に震える女の開かれた陰唇からは、熱い雫が雨垂れのように落ちている。

ポタポタポタ……

男の指は肛門から会陰部《えいんぶ》に移った。蟻の門渡りといわれる女の縫い目を優しく撫でまわす。

女としたら、早く生殖器に触れてほしいだろうが、シュナイゼルの指は会陰部を押して揉み解した。

ここも女にとっては性感帯であることを知っていたからだ。

「あっ、ああ、ああ……」

蹲踞の姿勢で背後から会陰部を揉み解されて、開かれた女性器からはポタポタポタと雫が落ちる。

そうやって存分に焦らしたあとで、ようやく濡れ濡れの肉裂に指が入った。

「ん……」

喘ぎ声をあげるのははしたないと感じたのか、アンナは手で口元を押さえた。しかし、男の指が粘膜をかき混ぜてやると、歓喜の歌を吟《ぎん》じるかのように卑猥で粘着質な水音が、室内に響き渡る。

ピチャピチャピチャ……

机に広がる愛液の水たまりは、もはや失禁したかのような量だ。

（いつも真面目なことばかりいっているわりに、だらしないオ◯ンコだ）

内心で嘲笑しながらシュナイゼルの指先が小陰唇《しょういんしん》を捲《まく》り、膣穴に入った。

「はぅ⁉」

ビクンッ！

指先に柔らかい粘膜を感じたシュナイゼルは驚きの声をあげる。

「もしかして君は処女なのかい？」

「は、恥ずかしながら」

「君ほど、武勇に優れ、知的で、美しい女性がまだ経験がなかったなんて驚きだ」

事前の調査で、アンナに恋人がいた気配がないことは知っていた。さらにいえば、陰毛の手入れがまったくされていない股間を見た時点で、処女だろうということはある程度予測できていた。

それでもなお、意外だと強調したのは、エリート女の自尊心を満足させるためである。

「そ、そのようなことは……」

「しかし、困ったな」

困惑を演じる偽王子様の呟きに、アンナは敏感に反応する。

「な、何がでございますか？　やはり、二十代も後半に入った女が処女だと気持ち悪いですか？」

「まさか、逆だよ。ぼくのようなものが、清い君の貞操を奪っていいものか、と躊躇いを感じたんだよ」

「そ、そのような、女騎士にとって、主君に貞操を捧げるのは誉れ。まして、処女を割っていただけるのは至上の歓びと申します」

口元から手を離したアンナは、改めて両手でくぱぁと割った尻と陰唇を後ろに突き出しながら、必死に訴える。

「オ〇ンコでも、アナルでも殿下のお好きなほうをご使用ください」

「アナル？」

いささか驚くシュナイゼルに、アンナは恥じ入りながら訴える。

「わ、わたしのような女に、殿下のお情けをいただけるだけでももったいないですから、アナルでも嬉しゅうございます」

その過剰な卑下に、シュナイゼルは苦笑してしまう。

「ぼくとしては、アンナのオ○ンコにぶち込んで思いっきり子種を流し込みたいんだけど、ダメかい？」

「も、もちろん、オ○ンコに入れてもらえるのは至上の歓び。わたくしの処女をぜひ、もらってやってください」

「ならばオ○ンコに入れさせてもらう」

そういってシュナイゼルは、ズボンから逸物を取り出した。

それを後ろ目にチラリと見たアンナは目を見張る。

「さすが殿下、大きい……」

「ありがとう。嬉しいよ」

もちろん、逸物までは変身の魔法をかけていない。シュナイゼルの男根だ。

養母の教育方針で、物心ついたときには侍女たちに弄ばれ、鍛え抜かれた業物である。

それを構えたシュナイゼルは、両手でデカ尻を挟んだ。前かがみになってしまったアンナは、股の間に両手をついてバランスを取る。

そして、完全に騙されている女の膣穴に、亀頭部がヌルリと入り、処女膜に触れた。

「はぁ、殿下に処女を捧げられるなんて夢のようです。今日までわたくしが男と縁がなかったのは、殿下に忠義を捧げるためなのだと、いま確信しました」

「そうか、ならばいくぞ」

処女を捧げることは、主君に絶対の忠誠を誓う儀式と捉えている女騎士を、内心で冷笑しつつ、シュナイゼルは腰を上げた。

ブツン！

偽物王子様の男根が、女騎士の忠義の証をぶち抜いた。

「あ、はぁ～ン」

股の間に両手をついてバランスを取ったアンナは、狛犬のような姿勢で、気持ちよさそうに喘いだ。

ズブ、ズブズブズブ……

処女膜さえ突破してしまえば、あとは道なりである。

卑劣なる男の長大な逸物は、きっちり子宮口にまで届いた。

初めての異物を呑み込んだ肉洞は、痛いほどにギュッギュッと締め上げてくる。シュナイゼルは感嘆の声をあげた。

「素晴らしいオ○ンコだ」

「あ、ありがとうございます……」

「ああ、鍛えている女性は違うね。すごい名器だ。こんなに気持ちいいオ○ンコは初めてだ」

初めての○○だ、というのはいわゆる結婚詐欺師の常套句なのだが、生真面目な女騎士は、そのことを知らなかった。

歓喜に頬を染める。

「ああ、嬉しい。わたくしのオ○ンコが、殿下のお眼鏡に適って、いや、おちんちんに適って幸いです。どうか、ご存分にご使用ください」

「でも、痛くないのかい？」

「だ、大丈夫です。殿下のおちんちんを入れていただいて、なんの不満がありましょう。ああ、殿下の存在を、お腹の中に感じる。これに勝る幸せはございません」

破瓜の証とでもいうかのように、蹲踞の姿勢でぶち抜かれた箇所から、赤い雫が机に落ちていた。

「……」

シュナイゼルは無言のまま右手を前に回すと、男女の結合部を押さえる。そして、そこに魔法を施す。

「あ、殿下、ありがとうございます」

治癒魔法を施されたことを悟ったアンナは、恥ずかしそうに俯く。

「余計なお世話だったかもしれませんが、貴女が傷つくのを見たくない」

「お気遣い嬉しいです……」

二十代後半で処女膜硬化を起こしており、実はかなり痛かったのを我慢していたのだろう。安堵の表情を浮かべたアンナは、実に嬉しそうだ。

(日頃の嫌味の腹いせに、破瓜の痛みに涙する顔でも見てやろうかと思ったんですがね。ここは惚れてもらわないといけませんからね)

内心で苦笑しつつも、シュナイゼルは王子様の演技を続ける。

「では、ここからは本格的に楽しませてもらうとしよう」

「はい。ご存分にご使用ください。あっ、あっ、あっ」

成人女性のデカ尻を両手で掴んだシュナイゼルは、腰をリズミカルに叩き込んだ。

ズポッ、ズポッ、ズポッ！

亀頭部が抜けきる直前まで腰を下ろし、一気に最深部まで打ち上げる。その繰り返しだ。

「うほ、うほ、うほ」

グチュグチュグチュ……

男根が出入りするたびに、みっちりと咥《くわ》えこんだ膣洞が裏返って、飛び出してくる。

「あっ、あっ、いい、いい、いい、気持ちいいです。殿下のおちんちんがわたくしのオ◯ンコの中をズボズボしてくださっているぅ」

単に性欲の捌《は》け口《ぐち》にされているのではなく、女として認められて優しくされている。そう実感してしまったアンナは、多幸感に支配され、お尻の穴をビックンビックンと動かす。

（くっくっく、白馬の王子様に犯されるときの女というのは、こんなにも淫らになるものなんですね）

愛する男に犯されているとき、女はもっとも感じることができるということなのだろう。そして、それは同時に男を楽しませようと、膣洞がもっとも収縮するときなのかもしれない。

（いや、やってみると意外といい女でしたね。顔は悪くないし、おっぱいは大きい。オ◯ンコもやわやわと締め付けて三点締めといったところですか。しかし、二十七歳で、ピンクの鎧はどうかと思いますよ。そんな趣味をしているから、せっかくの巨乳美人なのに男

に縁がなくて、わたしのような男に騙されるハメになる）

内心で嘲笑したシュナイゼルであったが、幸せに絶頂している女の締め上げに、女慣れしているはずの男が追い詰められる。

「アンナ、そろそろ出すぞ」

「はい。中に、中にお願いします。殿下のお情けをたっぷりとくださいませ」

「くっ！」

歓喜する女の体内に向かって、シュナイゼルは遠慮なく射精した。

ドビュッ！　ドビュッ！　ドビュッ！

「うほっ、きた、きた、きたー！　来ました！　殿下の子種がわたくしの中に‼　気持ちいい、気持ちいいです、殿下〜〜〜！」

三十路を前にして、生まれて初めて味わう膣内射精。その歓びにアンナは、白目を剥き、だらしなく開いた口元から涎とともに、無様な法悦の声を漏らし、忘我の表情になってしまう。

思う存分に射精した逸物が小さくなり、膣穴から抜けると、アンナは前かがみに倒れ込んだ。

男に向かってでかい尻を差し出してしまったアンナは、股の間に右手を入れると、大陰唇を押さえた。

「わたくしのようなものに、このような大量のお情けをいただけるなど、もったいのうございます」

大好きな男に貞操を捧げた余韻に浸っている。女にとってはもっとも幸せな瞬間であろう。

それが幻であることを知っているシュナイゼルは、臀部を撫でてやった。

「素晴らしいオ〇ンコだった」

「あ、ありがとうございます。必ずや殿下の御役にたってみせます。あ、ダメ……」

肛門がビクンビクンと痙攣していたかと思うと、股間を押さえていた指の狭間から、ドオォォと濃厚な白濁液が滝のように落ちた。

アンナは絶望の声をあげる。

「も、申し訳ございません。せっかく、殿下からちょうだいした精液を」

「くっくっく……」

地である邪悪な笑みを浮かべてしまったシュナイゼルはハンカチを取り出すと、股間を押さえるアンナの手を退かし、精液と愛液と破瓜の血で濡れた股間を拭ってやる。

「あ、そのようなことをしていただかなくとも」

自分の穢《けが》れた陰部を愛しい男に処理されて慌てるアンナを、ペルセウスの幻影は笑って押さえる。

「ぼくがしでかしたことだからね。ああ、こんなに血が出て、痛めてしまったね。申し訳ない」

「ああ……、そのようなお優しいお言葉、もったいのうございます。ですが、先ほど治癒の魔法をかけていただいたことで、痛みはほとんどありませんから、ご安心ください」

穢れた生殖器を、男に処理される気恥ずかしさに頬を染めながらも、アンナは幸せを噛みしめていた。

ゲルダのときにもやった行為であるが、これは義母から伝授された女を騙すためのテクニックの一つだ。

一般的に射精したあとの男は、女に対する興味が失せるものである。そんなときに逆に優しくされると、女は本当に愛されているのだ、と実感してしまうものらしい。

血の混じる白濁液を拭い取りながら、シュナイゼルは優しく語り掛ける。

「またやらせてもらえるかな？　こんな気持ちいいオ◯ンコ、一度だけでは我慢ならない」

「もちろんでございます。わたくしは殿下専用の肉便器とお心得ください。いつでも催したときに、好きなだけ使ってくださって結構です」

たった一発で、あっさりと完堕ちした女をシュナイゼルは優しく抱きしめる。

「ありがとう。でも、ぼくたちがこういう関係になったことは二人だけの秘密だよ。君の安全を考えてのことだ。今度は君が殺されかねない」

「わたくしのようなものの、身の安全まで配慮していただきありがとうございます」

「当然だ。君はぼくの愛しい小鳥だ」

王子様の幻影は、忠良なる女騎士の顎を上げさせると唇を奪った。

「う、うむ、うむ……はぁ……」

アンナは夢中になって唇を貪り、接吻が終わると恍惚《こうこつ》と溜息をつく。

おそらく、これがアンナのファーストキスだったのだろう。

「何かわかったら、ただちにぼくに知らせてくれ。くれぐれも無理をしないことだ」

「承知いたしました」

完全に骨抜きになった牝の身をいたわって、スケコマシの王子様は図書室を出た。

そこにゲルダが歩み寄る。シュナイゼルが、アンナを騙している間、他人が資料室に入らないように目を光らせていたのだ。

「閣下は本当に悪い人ですね。真面目が売りの女の貞操をあんなふうに奪ってしまうだなんて」

「おやおや、貴女に失望されてしまいましたか？」

幻影の魔法を解きながら、シュナイゼルは肩を竦める。

「いえ、そういう悪いところがゾクゾクします。あのバカな女の匂いのついたおちんちんはあたしに綺麗にさせてください」

その場で跪いたゲルダは、シュナイゼルのズボンから逸物を引っ張り出すと、アンナの愛液と破瓜の血と、精液に穢れた逸物を口に含み、お掃除フェラをしてきた。

※

「メロディアさま、おはようございます。今日も張り切ってお勉強をいたしましょう」

翌日、アンナのテンションはかつてないほどに高かった。

肌はツヤツヤしていて、声には張りがあり、自信に満ち溢れている。

「ああ、よろしく頼む」

メロディアも戸惑ってしまったほどだ。

授業が終わったところで、シュナイゼルは質問する。

「先生はまだ、オズボーン卿が暗殺されたと信じて、証拠探しをしているのですか」

「ええ」

「それはそれはご苦労様です」

シュナイゼルは慇懃に頭を下げる。

「っ」

よくもヌケヌケと、とアンナが口走る前に、メロディアが口を挟んだ。

「オズボーンは国家の重鎮である。それが暗殺されたのだとしたら、国家の一大事だ。わたしに力になれることがあるならば、なんでもいってくれ」

「ありがとうございます。そのときはお願いいたします」

そういってアンナは部屋を出ていこうとしたが、シュナイゼルにのみ聞こえる声で吐き捨てた。

「ふん、いまに見ていなさい。必ず尻尾を掴んであげる」

「……」

シュナイゼルは無言で肩を竦めて見送った。

その背にメロディアが声をかける。

「今日の先生、機嫌がよかったわね」

「くっくっく、左様でございますな」

シュナイゼルが振り向くと、椅子に座ったメロディアは脚を組み、右肘を肘掛に置いて頬杖をつきながら冷めたジト目で見上げてくる。

「何かしたのか？」

「まさか」

すっとぼけるシュナイゼルに、メロディアは軽く溜息をつく。

「シュナイゼル、おまえは秘密が多いな」

「はて、なんのことでございましょう」

メロディアは頬杖をついたまま、脚を組み替えた。

「おまえはわたしのなんだ？」

「忠実な臣下でございます」

左腕を胸にあてがったシュナイゼルは深々と一礼した。その後頭部を見下ろしながらメロディアは吐き捨てる。

「ならば、なぜ質問したことに答えない」

「メロディアさまが知る必要のないことは、ご報告しないだけでございます」

直後にメロディアの左足が蹴りあがった。シュナイゼルの股間に向かって。

ベシ！

「ぐっ」

急所を蹴られた男はたまらず崩れ落ちる。

脂汗を流す男に向かって、メロディアは傲慢に命じた。

「おまえの行動が、すべてわたしのためだということは知っている」

「ご信頼いただきありがとうございます」

「しかし、不愉快だ」

沈黙する家臣に、メロディアは質問を変えた。

「おまえ、先生とやっただろ？」

「あのようにわたくしを警戒している先生が、わたくしに身を預けるなどということはあり得ません」

「そうね。先生があなたに好意を抱いている雰囲気は微塵《みじん》もない。でも、やったでしょ。おまえにやられた女は、雰囲気でわかるのよ。あなたが最近連れている新しい従者も、完全にあなたの牝犬じゃない。全身から発情している匂いがプンプンしている」

メロディアに決めつけられて、シュナイゼルは閉口した。

事実なだけに言い訳が難しい。押し黙るシュナイゼルに、メロディアは語り掛ける。

「もし仮にオズボーンが本当に暗殺されたのだとしたら、犯人の動機は嫉妬のためかしら？　わたしが結婚させられる予定だったんでしょ」

「推測ですが、姫様の結婚相手としては、いささか格が低すぎるのが問題だったのではないでしょうか？」

シュナイゼルの返答は、メロディアのお気に召さなかったようだ。

憤然たる表情を浮かべたお姫様は、両足を椅子の肘掛に乗せて、股を開いた。そして、挑発的な表情で紐パンを解く。

無毛の恥丘があらわとなる。戦勝祝賀のパーティーのハミ毛事件以後、毎夜、シュナイゼルが丁寧に剃毛しているから、鏡のようにつるつるなのだ。

困惑するシュナイゼルに、メロディアは傲慢に命じる。

「舐めろ」

「……」

硬直するシュナイゼルに、メロディアは再度命じる。

「どうした？　わたしの命令に逆らうのか？」

「御意のままに」

犬のように四つん這《ば》いになって近づいたシュナイゼルは、無毛の股間に顔を埋める。

そして、舌を肉裂の中に押し入れた。

まったく濡れていない秘肉に、濡れた舌を這《は》わせる。

ペロリ……、ペロリ……、ペロリ……

毎夜、就寝の前に指マンは行っていたが、陰部に舌を下ろしたのはこれが初めてである。

初めてのクンニを受けながらも、冷めた眼差しで見下ろしていたメロディアが命じる。

「アナルも舐めなさい。わたし、尻穴淫乱の質があるんでしょ。しっかり楽しませなさい」

「御意」

主君の指示に従って、シュナイゼルは肛門にも舌を伸ばす。

ペロリ
「あん。気持ちいい。わたし、お尻の穴を舐められて気持ちいいわ。おまえのいう通り、わたしには尻穴淫乱の質があるのね」

「……」

無言のまま舌を動かす従者に向かって、傲慢なるお姫様は冷めた口調で質問する。

「ねぇ、小娘の尻の穴を舐めるのってどんな気分?」

「メロディアさまのアナルを舐められるなど至高の歓びです」

冷徹な返答に、メロディアは眉を顰める。

「屈辱を感じないの?」

「いえ、まったく」

「そう、なら、よーく舐めなさい」

シュナイゼルは命じられるままに、主君の肛門の皺を覚えるかのように丁寧に舐めた。

「あ、ああ、ああ……」

メロディアは肛門を舐められて感じているようだが、同時に肛門を舐められて感じている自分が恥ずかしいらしく、含羞に顔を赤らめている。

しかし、それでも肉体的な快楽が全身を覆ったようだ。

「んっ」

ビクビクビクビク……

男に舐められていた肛門がヒクヒクと痙攣した。

どうやら、アナルを男に舐められながら、メロディアはイってしまったようだ。

「ふぅ」

満足げな吐息をついたお姫様は、肘掛に右手の肘を置き、頬杖をつきながら口角を吊り上げる。

「アナルを舐められながらイクのって、なんだかいつもと違うわね。ゾクゾクする感じ」

「……」

シュナイゼルが無言でいると、その頭をメロディアは蹴った。

「何をぐずぐずしているの。今度はオ○ンコを舐めて、気持ちよくして」

「御意」

シュナイゼルの舌は再び、女の肉船底に入る。

「はぁ、クリトリス、指で弄られるのもいいけど、舌で舐められるほうがもっと気持ちいいわ。それから、膣穴もしっかり舐めなさい」

要望に従って膣穴にシュナイゼルの舌が入ると、メロディアはビクンと震える。

「あなた、いま処女膜を舐めたでしょ」

「御意」

冷静な表情で女性器を舐める男に、小娘は悪戯っぽく囁く。

「それ、破ってもいいのよ」

「お戯れを」

動揺すら見せない冷静なシュナイゼルの返答に、メロディアは苛立《いらだ》たしげな表情を浮かべる。

「ねぇ、シュナイゼル。あなた、わたしを抱きたいとは思わないの」

「もったいないことです」

メロディアは青銀色の髪を掻き上げる。

「わたしがおちんちんを入れなさいと命じたら、どうするの？」

「入れません」

「どうして？」

口元を主君の愛液で濡らしたシュナイゼルは真面目に答える。

「わたくしは殿下の忠実なる家臣。そんな恐れ多いことはできません」

「どうしてもと命じたら」

「命を絶って、諫言申し上げる。女帝になろうというメロディアさまの貞操は軽々しく捨てていいものではございません」

ドン！

メロディアは右手で肘掛を叩いた。

「もう、なんでそこまで頑《かたく》ななのよ。もういいわ。あなたはわたしのオ○ンコを舐めていなさい。それが一番似合っているから」

「御意」

こうして昼下がり、女帝を夢見る王女さまの陰部を、その忠実なる臣下は舐め続けた。

## 第四章　不毛なる女の戦い

「全軍、紡錘陣形を組んで突撃せよ」

黄金の鎧に深紅の外套を纏った戦乙女が白馬に跨って疾駆し、黄金の錫杖を青空に翳して号令を下すと、三千人の兵がまるで手足のように動く。

その演習の光景をシュナイゼルは、本営の置かれた高台から眺めていた。

そこに天馬を駆ったピンクの鎧の女騎士が舞い降りてくる。メロディアの筆頭幕僚たる女教師アンナだ。

「……」

敵意ある眼差しで見下ろされたシュナイゼルは、素知らぬ顔で声をかける。

「先生、あなたから見て、メロディアさまの指揮ぶりはいかがですか？」

一瞬の躊躇いのあとで、アンナは天馬から飛び降り、一本に束ねた紫色の頭髪を右手で払いながら近づいてきた。

「姫様には空間認識能力があるわ。これは得がたい才能よ」

普通の人間は地図を見ても二次元でしか想像することができない。しかし、ごく稀に三次元で想像できる者がいる。

　これができると城塞をどこに築いたらいいか、兵をどの場所にいくらぐらい置けるかなどを瞬時に判断することができる。つまり、用兵の才能があるということだ。

「強いカリスマ、用兵の才、何者にも支配されない強い意志、姫様はまさに女帝に相応しい器ですね。先生もそうお思いではありませんか？」

　シュナイゼルの満足げな顔に、アンナは険しい顔で詰め寄る。

「あなた、本気でメロディアさまを国王にするつもりなの？」

「当然でしょう。いまは乱世です。ラルフィント王国を統一し、世界に平和をもたらすのは、血筋から見ても、才能から見ても、メロディアさましかあり得ない」

　滔々と語るシュナイゼルに、アンナは処置なしといった顔で首を横に振るう。

「あなたとペルセウス殿下は、同じ年で机を並べて学んだんでしょ。その後、確執ができたということは聞いているわ。でも、ほんとのところ、あなたはペルセウス殿下のことをどう考えているの？」

「っ」

「進むことしか知らぬ猪など、猟師の餌ですよ」

　平然と吐き捨てたシュナイゼルを、アンナは凄まじい眼光で睨んできた。

「オズボーン卿の暗殺の黒幕はきっと見つけます」

「暗殺と決まったわけではないでしょう」

「必ずトリックがあります。澄ました顔をしていられるのもいまのうちだけですよ。いずれ化けの皮を剥いでやります」

踵を返した女教師の背に、シュナイゼルは声をかける。

「心外なおっしゃりようですね。それではまるでわたしが黒幕だといっているようではないですか」

「……」

肩越しに振り返ったアンナは、さすがに「そういっているのです」とまではいわなかった。

「ふん」

鼻を鳴らした気高き天馬騎士は、同じ場所で空気を吸うのも嫌だといわんばかりに天馬に跨ると青空に向かって舞い上がっていった。

入れ替わるように白馬を駆ったメロディアが本営に戻ってくる。

「お疲れ様でございます」

一礼して出迎えるシュナイゼルに、パンツ丸出しの過激な装束のお姫様は難しい顔をする。

「いま先生の天馬が離れていったな。またやりあったのか？」

「いやはや女心は難しゅうございますな」

苦笑するシュナイゼルに、メロディアは溜息をつく。

「もう少し仲良くできんのか？　先生は有為な人材だぞ。あれほどの天馬騎士は二人といない」

「メロディアさまのいないところでは、仲良くしておりますから、ご心配なく」

「……だといいがな」

慇懃に頭を下げる家宰に向かって、腕組みをしたメロディアはジト目を向けてくる。

「……」

この男には何をいっても無駄と思い出したのだろう。メロディアは気を取り直したように声を張り上げる。

「まぁいい、次は方陣から鶴翼《かくよく》への隊列変更を行う」

「承知いたしました」

メロディアは麾下の兵を着々と精鋭へと鍛え上げていった。

来るべき決戦のとき、頼りになるのはこの三千人である。

※

「ああ、ペルセウス殿下」

陽がとっぷりと落ちた深夜。王宮内の人目のない資料室に、シュナイゼルが足を踏み入れると、うっとりとした表情のアンナが待ち構えていた。

「待たせてしまったかな？」

「いえ、そのようなことは……わたくしもいまきたところでございます」

左手で胸元を抱き、右手で股間のあたりを押さえたアンナは、モジモジしながら応じる。

昼間、敵意丸出しの表情でシュナイゼルを睨んだときとは、まったく別人の痴情に溺れるただの牝の顔だ。

（人間というのは、表情一つでこうも雰囲気が変わるものなんですね）

とシュナイゼルも、意地悪く感心してしまうほどの変貌《へんぼう》ぶりだ。

いうまでもなく、現在のシュナイゼルは変身魔法で、ペルセウスに化けている。

一日の仕事が終わったあとで、アンナと偽ペルセウスがここで密会するのは、日課になっていた。

男の股間をチラリと見たアンナは、そこがテントを張っていることを見て取って頬を染めながらも嬉しそうにはにかんだ。

男が自分を求めているのだ、と認識するのは女としてこの上ない歓びなのだろう。

しかしながら、シュナイゼルの男根が、ズボンを突き破りそうなほどに隆起しているのは、これから始まるアンナとの逢瀬への期待からではない。

ここにくる直前に、主君の就寝前の日課である自涜の手伝いをしてきたからだ。

そんなことを露とも知らない恋する乙女を抱き寄せた幻を纏った男は、右手を伸ばすと、アンナの頬を撫でる。

「会いたかったぞ」

「ああ、嬉しい。わたくしもです」

頬を撫でてくる男の手を取ったアンナは幸せそうに頬擦りをする。

「君には危険なことをさせて申し訳ないと思っている」

「大丈夫です。殿下の御役に立てるのならば、この身が引き裂かれようと本望でございます。わたくしが必ずや殿下を王にしてごらんに入れます」

「ああ、ぼくのかわいい小鳥よ。そのような怖いことをいわないでくれ。君がいない世界は光が消えてしまうよ」

メロディアが聞いたら、いや、シュナイゼルを知るすべてのものが耳を疑う甘い台詞とともに、アンナの唇を奪う。

「殿下……」

感激に打ち震えたアンナは、夢中になって忠誠を誓う男の唇を吸う。

「うむ、ふむ、ふむ……」

夢中になって接吻しながら、シュナイゼルは右手で軍服に包まれた巨大なメロンを捕らえる。

アンナが冷静であったなら、ペルセウスがこのようなことのできる男でないことに思い至ったであろう。

彼女の敬愛する王子様は、よくも悪くも無骨で一本気なのだ。女を遊びで抱いたり、愛欲で利用したりするような器用さは持ち合わせていない。

だからこそ、シュナイゼルのような陰謀家を憎んでいるし、アンナも次期国王に相応しいと推していたはずなのだ。

しかし、彼女は自分の置かれた環境に酔ってしまっていた。

忠誠を誓う主君のために、敵地に入り込んだ自分。それを気遣って愛してくれている優しい主君。

それはある意味で、女騎士としての理想の体験だからだ。

シュナイゼルとしては、本物のペルセウスを真似るのではなく、アンナの夢想する王子様を演じてやればよかった。

布地越しにもわかる突起した乳首を弄りまわし、頃合いを見て胸元を開く。

ビンビンにしこり勃った乳首を摘まんで、こね回してやる。

「ああ……殿下……」

夢の体験に軽く絶頂してしまったアンナは、瞼を開き、忠誠を誓った男の目を見ながら恍惚と接吻を解く。

「ご奉仕、いたしますね」

「ああ、頼む」

軍服のまま双乳だけ露出させたアンナはその場でしゃがみ込むと、シュナイゼルのズボンの中からいきり立つ逸物を引っ張り出す。

ブンッと唸りを上げるかのように反り返った男根を見上げて、アンナは溜息をつく。

「ああ、いつ見てもご立派♪」

初めて見たときは、その巨根ぶりに怯《おび》えた彼女だが、いまやここまで大きくなっているのは、自分との逢瀬が楽しみだからと喜んでしまう。

男根は嘘をつけない。こんなに大きくしてくれているのだから、自分は本当に愛されているのだ。

その確信をもって、ピキピキと肉鳴りが聞こえそうなほどにいきり立っている男根を両手で握りしめたアンナは、うっとりとした表情で肉棒に頬擦りをし、同時にクンクンと小鼻をひくつかせながら、男根の匂いを楽しむ。

苦笑を隠しきれなかったシュナイゼルは、紫色の頭髪を撫でてやる。

「そんなにおちんちんが好きか」

「はい。殿下の逞《たくま》しいおちんぽさまの匂いが大好きで、匂いを嗅いでいるだけで涎が止まらなくなります」

肉袋に接吻した女は、口唇《こうしん》を開き、濡れた舌を出すと二つの睾丸をペロペロと舐めてくる。

「ああ、このずっしりと重たい金玉。うふふ、本当に中に金が詰まっているようです。いえ、この中に詰まっているものは、金などよりはるかに貴重なものですね」

我慢がならないといった様子で、大口を開けたアンナは肉袋を含む。そして、口内の唾液の海で二つの睾丸を嬉々として舐め転がす。

「おお……」

男の最大の急所である。そこを食べられそうになって後ろ暗いところのある男は戦慄してしまった。

やがて満足したアンナは唾液に濡れた肉袋を吐き出すと、悪戯っぽく笑いながら、裏筋をねっとりと舐め上げてくる。

「ああ、殿下のおちんちんはどこもエッチな味、いえ、とってもエッチな味がしてやめれません。わたくし、殿下のおちんちんが大好物なんです」

まさか別の男の陰茎を舐めているとは露とも知らぬ女は、熱に浮かされた表情で裏筋を舐め上げるると、亀頭部の裏、陰茎小帯を左右からペロペロと舐めたのちに、陰茎亀頭冠《きとうかん》の下を丁寧になぞる。そして、ようやく尿道口に達した。

溢れ出る先走りの液を、まるで蜜でも舐めるかのように幸せそうに舐め穿《ほじ》る。

好きこそものの上手なれ、とはよくいったもので、好きな男に奉仕する歓びに目覚めた女のフェラチオは実に巧みだった。さすがのシュナイゼルも喘いでしまう。

「そ、そろそろ咥えたらどうだ」

「ありがとうございます。では、ちょうだいいたしますね」

男におねだりさせたことに歓喜した女は、嬉しそうに口唇を開くと、カプリと亀頭部を頭から呑み込んだ。

「うむ、うむ、うむ……」

両手で肉棒を押さえ、ジュルジュルと卑猥な音を立てて啜《すす》りながら、顔を前後させる。

唇の裏に亀頭冠を引っ掛けて、その反動で再び男根を呑み込む。

「うっ」

思わず快感の呻《うめ》きを漏らしてしまった男の顔をチラリと上目遣いに見たアンナは、亀頭部を喉奥まで呑み込んで、ゴクンゴクンと喉で味わう。

さらに頬肉と歯並の間に入れて啜る歯磨きフェラまでやってのける。

フェラチオといっても、実に多彩だ。

「ど、どこでそのような技を⁉」

動揺する愛しい男の呟きを聞いたアンナは、自分のテクニックで確実に楽しませているということに充実感を覚えたのだろう。ピンク色の瞳で笑っていた。

「くっ、そろそろ」

濃厚口戯に追い詰められたシュナイゼルが限界を訴えると、アンナは心得ているといった表情で男根に舌を絡みつかせながら、チューチュー啜る。

いわゆるバキュームフェラだ。しかも、両手で肉袋を持つと、パンパンに張りつめた睾丸をマッサージしてきた。

「ふぐっ」

真面目な女がこんなにもすごいテクニックを駆使してくるとは、予想できない。いや、

真面目な女だけに、セックスのテクニックに関しても真面目に勉強してきたということだろう。

愛する男を楽しませようという、真摯な女の奉仕を受けては、いかな邪悪な男とて昇天せずにはいられなかった。

ドビュドビュドビュ……

睾丸から押し出された血潮が、断末魔をあげる毒蛇のように暴れる男根を駆け上がり、聖女の笑みを浮かべた女に吸い上げられる。

「うん、うん、うん……」

鼻を鳴らしながら嬉しそうに男根から溢れ出す液体を啜ったアンナは、最後に尿道内の残滓《ざんし》まで吸い取った。そして、力を失った男根を解放する。

「あ～ん」

恍惚とした表情で愛しい男を見上げた女は、口腔を大きく開く。

口内は泡立った白濁液で一杯だった。

それはまるで「わたくしはあなたの女です」ということを言葉ではなく、態度で示しているかのようだった。

それから唇を閉じたアンナは、口内の粘液をゆっくりと味わいながら嚥下《えんげ》する。

ゴクリ……ゴクリ……ゴクリ……

白い喉が上下して、すべてを飲み終えたアンナは、お洒落なハンカチを取り出すと丁寧に半萎えの逸物を拭って一礼する。

「美味しゅうございました」

「……」

女にこんな態度を取られたら、どんな男とてほだされてしまうだろう。

（とはいえ、あくまでもペルセウスに対するアピールだからな）

危うく心動かされそうになったシュナイゼルはなんとか心を落ち着かせて、まるで餌を前にした飼い犬のような表情の女に立つように促す。

「今度はぼくがやってあげよう」

「はい」

立ち上がったアンナは、いそいそとズボンを下ろした。

中から現れたのは、紫のラメの入ったセクシーショーツだ。

腰紐は完全に紐、局部を隠す布も小さい。いわゆるTバックであり、お尻は丸出し、パンツを脱がずに用を足すことができそうな代物だ。

女の局部を隠すこと以外放棄したその小さな三角形には、フリルが付いていて、よく見ると透けている。

実用性を捨て、男に魅せることに特化した下着であった。

そのうえ、股間の部分は失禁したように濡れてへばりついている。

「なんてセクシーな下着だ」

「ああ、殿下に喜んでもらえて嬉しいです」

「……」

いつもなら嬉々としてパンツを脱ぐアンナが躊躇う表情を見せたので、シュナイゼルは首を傾げる。

「どうしたんだい？」

「い、いえ、なんでもありません。で、では、これも脱ぎますね」

頬を赤く染めたアンナは、穿いていても雫が滴りそうなセクシーショーツの腰紐を摘まんでゆっくりと躊躇いつつ引き下ろす。

女の股間とショーツの間に、トローッとした蜜の橋ができる。

「おや」

シュナイゼルは軽く目を見張った。

ここのところ連日エッチをしているのに、いまさらアンナがパンツを脱ぐことに躊躇いを見せたことを不思議に思ったのだが、その理由がわかった。

陰毛がない。

昨日までは剛毛だったのに、本日はツルッツルになって、肉裂を直視できた。

愛する男の奇異な視線の意味を悟って、アンナは恥ずかしそうに言い訳する。

「殿下が昨日、毛がないほうがオ○ンコの奥までよく見えるとおっしゃいましたから……」

「それで全部剃ってしまったのか？」

「はい。それに、その、パイパンになるのは、独りの男に貞操を捧げる証だと聞いたことがございましたので……。このアンナの、殿下以外には決して素肌をさらさぬという覚悟の証でございます」

誇らしげに宣言する無毛女を前に、シュナイゼルは内心で苦笑する。

（メロディアさまに続いて、こいつもパイパンか。別にパイパン女が好きというわけではないんだがな）

とはいえ、昨日まで剛毛だった女がパイパンになったのだ。新鮮な欲望を刺激されたシュナイゼルは右手を伸ばすと、蜜の滴る肉裂を撫でた。

「はぁん♪」

「とっても、似合っているよ」

「あ、ありがとうございます、あん、あん、あん」

愛液で濡れた指で、ずる剥けになった陰核を摘まんでやると、アンナの両膝がプルプルと震えている。

立っているのが辛そうだと察したシュナイゼルは、部屋にあった椅子に腰かけると、アンナを太腿の上に腹這いにさせた。

左手にアンナの顔が、右手に尻がくる。

「アンナは実に魅力的な女性だ」

従順な女を膝に乗せたシュナイゼルは、右手で引き締まった大きな臀部を撫でまわす。

「ああん」

尻そのものは女にとって、それほど敏感な性感帯ではないだろうが、男に尻肉を揉みしだかれるのは、女にとって男の所有物になったようなマゾ的な歓びがあるらしい。

(くっくっく、徹底的に堕として差し上げますよ。空の女勇者さま)

痴情に酔い痴れている女を酷薄な目で見下ろしたシュナイゼルは、右手の指先を尻の谷間に入れた。

「そ、そこは……はあん、ふぅん……」

女性器を人差し指と中指と薬指で封じて、前後に擦ってやる。

クチュクチュクチュクチュ……

女の飛沫が舞い散る。

「ああん、ああ、ああ……」

左手の指先を口に入れてやると、アンナはまるで男根を舐めるかのようにしゃぶりついてくる。

三指でつるつるの恥丘を撫でつつ、親指で肛門を撫でる。

（おやおや、尻毛の果てまで綺麗に剃ってありますね）

苦笑しながらシュナイゼルは、肛門を撫でまわす。

「くぅ……」

気持ちよさそうに喘ぎながらも、アンナの首筋から背中にかけては真っ赤になっている。感じているというよりも、羞恥に震えているというほうが正しいだろう。

（くっくっく、ペルセウスが死ねと命じたら、躊躇わず自殺しそうな勢いですね。とはいえ、念には念を入れるに越したことはない。女に身の程をわからせるにはここの穴も調教しておきたいところなのですが、どうも彼女は肛門で感じるタイプではありませんね。まぁ、やってできないことはないでしょう）

邪悪なる男は、右手の親指を肛門にあてがうと、そのままズブリと押し入れた。

「ひぃ⁉」

愛する男に身を委ねているつもりの女は、すっかり油断していたのだろう。男の太い指があっさりと呑み込まれた。

「で、殿下？」

驚くアンナの尻の穴に指を入れたまま、シュナイゼルは優しく囁く。

「今日はアンナのアナルに入れさせてもらおうかと思ってね。いやかい？」

「い、いいえ、わたくしの体は殿下のもの。殿下がお望みでしたら、どの穴をお使いくださっても構いません」

「ありがとう」

優しい声とは裏腹に、鬼畜な男の指は従順な女の尻穴を穿った。シュナイゼルが指をひくと、肛門が取れそうなほどに伸びる。

「ひぃあ」

肛門に異物を入れられて、引き抜かれる感触。排便の感覚を思い出さないわけにはいかない。

人間にとって、人前で脱糞するのは最大の恥辱だ。それを本人の意思とは関係なく、強制的に味わわされるのだ。それも好きな男の前でである。

アンナの大きな尻に大量の冷や汗が浮かんだ。生理的な嫌悪感を必死に耐えているのだろう。

(まったく、愛の奴隷とは愚かなものです。仕方ない。やはり、アレを使いますか)

内心で嘲笑しながら、シュナイゼルは左手を懐に入れて、ガラスの小瓶を取り出した。

その栓を抜くと、アンナの鼻先に翳す。

「これを飲むといい」

「これは……?」

「バンジーの蜜だ」

アンナはぎょっとした顔で目を剥く。

「あ、あの有名な媚薬……」

「お尻でも感じられるようになるよ」

「い、いただきます」

ペルセウスの差し出すものならば、たとえ毒だとわかっていても呷る覚悟のアンナは、シュナイゼルの手で媚薬を飲まされた。

「ごく、ごく、ごく、はぁ……」

「次第によくなる」

空の瓶を投げ捨てたシュナイゼルは、肛門に入れた親指を捻った。

「はぁぁぁぁぁぁ」

女のもっとも恥ずかしい穴を解されて、アンナは動揺した悲鳴をあげる。

しかし、膣穴からは狂ったように愛液が溢れ出し、もはや失禁したかのような勢いだ。

「もう効きだしたかい？　どうだ？　アンナ、お尻は気持ちいいかい？」

「き、気持ちよくなって、き、きました～」

「それはよかった」

肛門に親指を入れたまま、中指と人差し指を膣穴に入れる。

そして、狭間の肉壁《にくへき》を摘まんで揉みこんだ。

「はぁ、ああ、あああん、か、体が、ひぃぃいん、これ、ちゅごい」

媚薬漬けにされた上での強い刺激に、アンナの顔からは理性が消えた。両の黒目を上に向け、白目を剥き、開いた口唇からは濡れた舌をだらしなく出して、涎を溢れさせる。

（さてと、アンナのアナルもだいぶ解れたようです。そろそろ入れさせてもらいましょうか）

堕ちた牝犬の股間の二つの穴から指を抜いたシュナイゼルは、その身を起こさせた。

シュナイゼルは椅子に座ったまま、その膝の上に理性を失った女を背面で座らせる。

男根はすでに隆々とそそり立っていた。その上に揉み解されて緩くなった肛門を添える。

ズブ、ズブズブズブ……

巨大な男根が、難なく女の肛門に呑み込まれていった。

「あほぁぁぁぁぁぁぁぁぁぁ」

媚薬の効果であろう。アナルを弄られても羞恥しか感じなかった女が、意味不明な嬌声を張り上げて喜んでしまった。

本来、男を咥えたい穴は空しく開いて、ダラダラと滝のような涎を垂らしている。

「アンナ、アナルセックスの感想はどうだい？」

「アンナは、アンナは……三つ穴の処女を殿下に捧げられて、果報者にございます」

「そうか、ぼくもアンナのすべてをもらえて嬉しいよ」

邪悪なる男は、左右の腕で女の太腿を抱え上げると、ゆっくりと上下させる。

ズブズブズブ……

「ひぃ、ひぃ、ひぃ……」

幾多の女を堕としてきた業物が、容赦なく肛門を出入りする。

肛門というのは、入り口の括約筋《かつやくきん》が締まるだけであり、膣洞と違ってやわやわとした包み込むような感触がない。よって、男根を入れてもそれほど気持ちいい肉洞ではなかった。

男を楽しませる器官ではないのだから当然だ。

なのに、なぜ入れたかといえば、女にわからせるためである。

女からしてみれば、肛門までやられたという精神的な衝撃から、男に依存心が湧く。

シュナイゼルは最後のトドメとばかりに、愛する男にすべてを捧げたつもりの女の耳元で甘く囁いた。

「アンナの、この髪も、唇も、おっぱいも、オ〇ンコも、アナルも、子宮も、そして、心も、すべてぼくのものだ」

「はい。この身も心も、すべてペルセウスさまのもの。わたくしはペルセウスさま専用の肉便器。生涯、ペルセウスさまのおちんぽしか知らぬ女、ペルセウスさまのおちんぽでしかイけぬ女。ペルセウスさまのおちんぽさまのためだけに存在する婢。それがこのアンナでございますぅぅぅ」

自分で叫んでいるうちに、自己暗示にかかったのだろう。

媚薬の効果もあって、アンナの体がガクガクと震えだす。

「も、もう、らめぇぇぇらめれす、イク、イク、イク、お尻でイっちゃう！」

ビクビクビクビク！

女の盛り上がりに、シュナイゼルもつられてしまう。

「くっ」

愛しい男の逸物が、肛門の中で射精運動を始めたことを察したのだろう。アンナは恍惚とした表情で叫ぶ。

「イクゥウウウウウウウウ」

狂える牝の絶叫とともに、本日二度目の射精とは思えぬ大量の精液が、直腸に向かって駆け上がる。

ドビュドビュドビュユユユユユ！！！

「ひぃいいいいいいいい、熱い！　お尻が熱いのぉぉぉぉ」

初めての直腸射精に、蟹股開きの女体は激しく悶絶した。

開かれた口から涎、鼻からは鼻水、目から涙。穴という穴から液体が噴き出し、そして、本来、男根を呑み込みたかった穴からは愛液が噴き出す。

シャアアアアア〜〜〜！！！

熱い飛沫がまき散らされる。

「おやおや、これは派手なイキっぷりだ」

男の嘲笑を聞きながら、潮噴き、いや、失禁をしたアンナは失神してしまった。

※

「あの女、完全に堕ちましたね」

事を終えたシュナイゼルが部屋を出ると、モスグリーンのフード付きのジャケットに、黒いチューブトップブラとスパッツの女が待ち構えていた。

「ああ」

自室に戻るために廊下を歩くシュナイゼルの後ろをゲルダは興奮気味についてくる。

「あの女はもはやセックス中毒。薬漬けにもされて、もはや閣下のおちんちんに決して逆らえないでしょう。男の言いなりになっていれば愛が手に入るなどと考えている、実に愚かな女です」

アンナの痴態を見てバカにしながらも、同時に体に火がついてしまったのだろう。その顔は明らかに抱いてもらいたそうであったが、もはや満足しているシュナイゼルは、応えてやるつもりはない。

無視を決め込んでいる雇い主に、女傭兵は好き勝手なことを語る。

「あのバカな牝犬を手駒として使うのですね。いつものごとく手段を選ばぬ閣下のなさりようには感嘆を禁じえません。しかし、わかりません。閣下ほどのお方が、なぜあのような小娘の言いなりになっておられるのです。閣下こそが」

ピタッ

シュナイゼルの足が止まった。

「っ⁉」

戸惑い口をつぐむゲルダに、シュナイゼルはゆっくりと振り返る。

「あの女とは誰のことを指すのか？」

その雰囲気が一変していた。いつもの冷徹さとは明らかに違う禍々《まがまが》しさ。それが怒気であると察したゲルダは震え上がった。

『メロディアさまを侮辱したら殺す』

雇用契約をしたときの最初の項目である。

「ひっ、失言でした。申し訳ありません」

女の身一つで傭兵稼業をしてきたのだ。ゲルダはふてぶてしい性格をしている。しかし、それゆえに危機を察する本能は人一倍であった。

逆鱗に触れたということを察して、慌て謝罪するも、遅い。

シュッ！

どこからともなく触手が飛んできた。

両の手首足首に触手が絡まり、ゲルダは空中に大の字になる。

手足が軋《きし》むほどの締め付けだ。肉が潰れ、骨が砕かれそうな激痛に悶絶する。

「ど、どうかお許しくださいぐほぁ！」

開いたゲルダの口内に太い触手が入った。喉奥から胃の腑まで侵入したようだ。

たまらず目元から涙を溢れさせたゲルダは、イヤイヤと首を横に振るう。

シュナイゼルは白い手袋を嵌《は》めた右手を伸ばすと、軽率な女の細い顎を摘まんだ。

「メロディアさまはおまえ程度の女に侮られるお方ではありません」

「ふがふがぶか」

顔を真っ赤にしたゲルダは必死に言い訳をしようとするが、喉奥まで入った触手のせいで声を出せない。

「わたしは、おまえを甘やかしすぎたようだ。信頼できない駒など使えませんね」

凶悪な触手がゲルダの首もとに回った。それがゆっくりと力強く締まる。

「ウグ！」

喉に入った触手と首を回る触手。外と内からの締め付けで息が詰まる。

プシャー！

殺されるという恐怖と、首を絞められたことで肉体が堕ちた。

クールビューティーな女の穿いた黒いスパッツの股間からチョロチョロと黄色い液体が溢れ出す。

ラルフィント王国山麓朝を震撼させている恐怖の女暗殺者が失禁してしまった。

「フッ」

失笑したシュナイゼルは、ゲルダの顎から手を離した。同時に全身を縛り上げていた触手が消える。

目の光を失ったゲルダは、その場でフラフラと女の子座りになった。

そこにシュナイゼルは冷徹な声で命じる。

「服を脱ぎなさい」

「はい」

ゲルダは即座に従った。これが自分の生き残る最後のチャンスだと悟ったのだ。

モスグリーンのフード付きのジャケットと、黒いチューブトップブラを脱ぐ。

白い双乳は、アンナほど大きくはないが、メロディアよりは大きい。スレンダーな体型だけに実際よりも大きく見える。

廊下で上半身裸となったゲルダは、さらに濡れた黒いスパッツと黒いショーツを同時に下ろす。二十歳にもなって失禁したというのは恥ずかしいのだろう。頬が恥辱にこわばって、手が震えている。

それでもなんとか、すべてを脱いだ。

とりあえず服は脱いだゲルダは、籠手と軍靴だけはつけた裸体で、濡れたショーツを握りしめたまま正座をして、両手を揃えて頭を下げる。額が地面に着くほどの平伏だ。

「二度と分を超えたことは申しません」

いわゆる裸土下座だ。人間にとってこれほどの屈辱はそれほどないだろう。まして、二十歳で、自尊心に富んだ女だ。

しかし、死神のような男は、まだ許してくれなかった。

「パンツを翳しなさい」

「はぁ？」

「おまえの汚いおしっこで穢れたパンツを見せなさいといっているのです」

静かな声で促されたゲルダは、握りしめていたショーツを顔の前で広げた。

「こ、これでよろしいでしょうか？」

いわゆる「パンツであやとり」だ。黄ばんだショーツを男の目にさらす。それは年ごろの女にとって耐えがたい羞恥であったことだろう。

自他ともに認める非情なる暗殺者。クールビューティーであった顔が、真っ赤に染まり、目が動揺に泳いでいる。

そのさまをじっと眺めていたシュナイゼルはやがて失笑した。

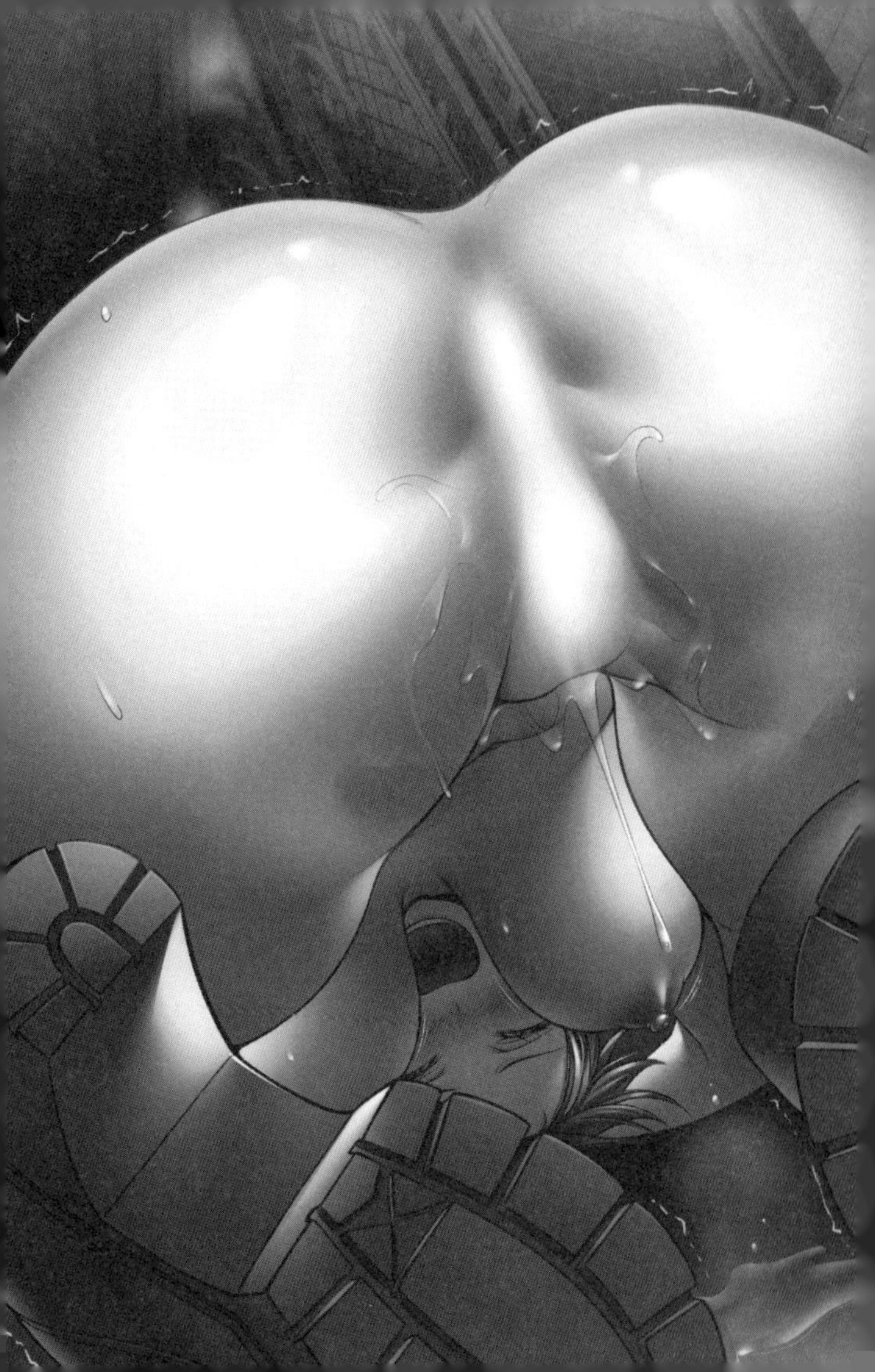

「くっくっく、まぁいいでしょう。あなたの覚悟のほどはわかりました。今後とも仲良くやっていきましょう」

「ありがとうございます。はぁ～」

生死の狭間を泳ぎ切ったことを自覚したゲルダは、安堵の溜息をつく。

次の瞬間、シュナイゼルは指をパチンッと鳴らした。

ブワッ！

唐突にゲルダの股間が燃え上がる。

「ひっ」

ほどなく黒々とした陰毛は消し炭となって消えた。呆然《ぼうぜん》とするゲルダに、酷薄な男は冷徹に宣言する。

「毛根まで焼きました。あなたは二度と陰毛が生えません。今回の罰はこれで許してあげます。二度はありませんよ。もう身代わりとなる陰毛はありませんからね」

「しょ、承知いたしました」

両手で股間を押さえたゲルダは、涙目で頷く。

「まぁ、わたしも最近はアンナさんにかかり切りで、おまえの面倒を見ていませんでしたからね。欲求不満にしてしまったことは謝ります。楽しませてあげますから、ついてきなさい」

シュナイゼルは背を向けて歩き出した。それにゲルダが慌てる。

「ちょ、ちょっとこの恰好で」

ゲルダは素っ裸である。場所は王女宮の廊下だ。もはや深夜だから、大半のものは寝静まっているだろうが、起きているものも多い。現に灯が煌々《こうこう》としている。

「何か問題でも？」

「あ、ありません」

シュナイゼルの平然たるいらえに震え上がったゲルダは、ただちに意見をひっこめた。

かくして、王女宮の廊下を、ゲルダは籠手とブーツだけという、女として肝心な場所はすべてさらした姿で歩くことになった。

ゲルダは普段から、かなり露出の激しい恰好をしていた女だ。しかし、薄い布とはいえ、あるとないとでは大違いである。

いつもは堂々とふてぶてしく歩く女が、恥ずかしそうに背を丸めて歩く。

呼吸がかつてなく荒い。

「はぁ……、はぁ……、はぁ……」

それでもシュナイゼルの背中に必死についていく。

さすがのゲルダも、頼むから誰も来ないでくれ、と祈ったが、その祈りも空しく、向かいから歩いてきた侍女の集団と行き会ってしまった。

「まぁ、シュナイゼルさま、これはっ⁉」

女たちは、王女宮の家宰の後ろに従っていた痴女を見て驚きの声をあげた。

「はぁう」

ゲルダは反射的に両手で胸元と股間を隠す。

シュナイゼルは平然と応じる。

「粗相をした家人の躾《しつ》け中です」

侍女たちは、得心がいったといった顔で頷く。

「まぁ、シュナイゼルさまもお好きですわね」

メロディア付きの若い侍女たちは、みなシュナイゼルの手駒である。すなわち、シュナイゼルの女たちだったのだ。

先輩として後輩の躾け方を心得ている女たちは、羞恥に震えているゲルダを囲み、しげしげと眺めた。

「……」

普段はふてぶてしく、かわいげのない女も、裸に剥かれたことですっかりしおらしくなってしまっている。

同じ女としてゲルダの心境を理解した侍女たちは、意地悪な表情で論評した。

「あらあら、ゲルダさんったら、シュナイゼルさまにご贔屓《ひいき》されていたのに、失敗してしまったのね」

「うふふ、あら、どういうことかしら？　お仕置きされているのに乳首がビンビンに勃っていますわよ」

悪戯っぽく侍女の指が、ゲルダの乳首を突っついた。

「はぁう」

ビクビクビク！

露出プレイにゲルダの全身はかつてなく敏感になっており、軽く触れられただけで電流でも流されたかのように震えてしまった。

「あらあら、クールビューティーさんだと思っていましたけど、オ〇ンコはずいぶんとウエットなんですね」

「発情期の犬ではないのですから、廊下に愛液を垂れ流さないでください。あとで掃除するのはわたしたちなんですよ」

宮廷女たちならではの底意地の悪い言葉責めに、ゲルダはなんら反論ができず、ただ羞恥に悶えた。

「では、頑張ってねぇ～」

一通りゲルダを辱めた侍女軍団は、華やかな笑いを残して去っていった。

「はぁ、はぁ、はぁ、か、閣下ぁぁぁ、もう我慢ができません。おちんちん、おちんちんをください」

「くっくっく、おやおや、あのゲルダさんが、ずいぶんとかわいくなりましたね」

いまのゲルダに男根をぶち込んだら、狂ったようにイキまくるだろう。そんなできあがった女に、シュナイゼルが情けをやろうとしたときだ。

さらなる通行人があった。

「っ」

息を呑んで立ち尽くしたのは、紫色の髪を一つに束ねた、ピンクのパジャマ姿の女だった。

「おや、先生」

おそらくアンナは、愛しの王子様との密会を堪能したあと、王女宮にある大浴場で汗を流してきたところなのだろう。

「何をしている？」

アンナは当然ながら、シュナイゼルの背後に従う半裸の痴女を見て仰天している。

シュナイゼルは慌てず騒がず、澄ました顔で応じた。

「うちの家人がやらかしましてね。躾け中です」

「そ、そう……」

気を呑まれたような表情をしたアンナは、ゲルダをしげしげと見た。そして、剃毛されている股間を見て、蔑《さげす》みの笑みを浮かべる。

そして、バカな女などもう興味を失ったとばかりに背を向けた。

「あなたがどんな女と遊ぼうと勝手です。しかし、王宮内で下品な牝犬を連れ歩かないでください。姫様の品位にかかります。……ゲスが」

先ほどまで陰で蔑んでいた女に、逆に面と向かって蔑まれたのである。

「くぅぅぅぅ……」

あまりの屈辱に、立ち尽くすゲルダの全身の穴という穴から、滝のような汗が噴き出してしまった。

なんとも不可解な状況の変化に、さすがのシュナイゼルも肩を竦めて苦笑する。

「有為転変は世の習いですなぁ」

# 第五章　女王への道

「本日、集まってもらったのは他でもありません」

メロディアの元帥府の謁見の間。弱小国ならば王の謁見の間に匹敵する規模である。

一段高くなった雛壇の上に、石の椅子が置かれており、そのうえに黄金の鎧に身を包んだうら若く美しい野心家が、左肘で頬杖をつき、脚を組んだ姿で傲然と座っていた。

女王と紹介されたら、誰もが納得してしまうだけの貫禄がある。

実際、現在のメロディアが持っている所領およびに、それに伴う軍隊はラルフィント王国以外であったなら、一国に匹敵する。

そして、彼女の眼下の一段低くなった広間には、アンナを始めとした幹部が十人ばかり居並ぶ。

忠誠心に問題があるものもいないわけではないが、選りすぐった将軍たちである。

無双の天馬騎士に、熱血勇者に、老練の士などなど多士済々の幹部たちの中にあっても、もっとも異形の人材であろうシュナイゼルは、主君の傍らに立って胸を張り、両手を腰の後ろで組みながら淡々と語った。

「内々の話ですが、オルディーン陛下は、近日中に後継者の選定を行うと推察されます」

「なっ」

諸将は一斉に驚きの声をあげた。

アンナが代表して質問する。

「それはいつになると考えているの？」

頬杖をついたままのメロディアは赤い瞳で側近を促す。

「おそらく来月、オルディーン陛下の五十八歳の誕生日」

国王の誕生日は国家の祝日だ。当然、貴族や官吏が王宮に集まる。国の大事を発表するには適当な刻だろう。

「おのおの方、その心づもりで準備をよろしくお願いします」

「それはどういう意味ですか？」

血相を変えるアンナの詰問に、シュナイゼルは眉一つ動かさずに応じる。

「そのままの意味です。どのような国でも主権の移譲が行われるときは混乱するものです。ゆめ、油断召されるな」

「……」

「では、解散」

いよいよ内乱が始まる。その予感にアンナの顔は色を失い、諸将は表情を厳しくしながらも、各人覚悟を決めて退出していく。

シュナイゼルもまた自分の仕事をするために、主君に一礼してから退出しようとしたところを呼び止められた。

「あと一か月で、わたしたちの運命は決まるわけね」

足を止めたシュナイゼルが向き直る。

「正規軍として戦うか、謀叛軍として戦うか、いずれの場合も想定しておりますからご心配なく」

メロディアが後継者に指名されなかった場合も、実力で勝ち取るための準備をしている。とはいえ、謀叛軍からの始まりでは被害も大きい。最悪、国王オルディーンの殺害まで視野に入れなくてはならなくなるだろう。

オルディーンにしても、メロディアに王位を継ぐ意思と戦力があることは十分に承知している。もし選ばなかったときどのような事態になるか想定しているだろう。おそらく即座に軍をもって鎮圧しようとするに違いない。それと戦わなくてはならないのだ。

「ゲリュオン卿のお考えは？」

「義母殿は、陛下に絶対の忠誠を誓われている方、わたしなどに情報を流してはくださ いません。それに『好きにしろ、あたしが邪魔になったら殺せ』というのがあの方の教育方針でしたからな。薫陶に従わせていただきましょう」

　それが本心なのかどうなのか判断しかねたらしく、メロディアは冷血漢の顔をしげしげと眺めた。やがて、鉄面皮の内側を読むのを諦めると、視線を前に向け溜息をつく。

「そう……。ゲリュオン卿にせよ、父上にせよ苦労なされた。そろそろゆっくりしていただくのがいいわ」

　南方のバルザック地方の一軍閥から謀叛したオルディーンは、甥にして国王であったギャナックを一度は屈服させ、退位させることに成功していた。

　しかし、仙樹暦906年、幽閉されていたギャナックが逃亡。旧都バーミアに逃げ込まれてからは苦難続きである。

　二十年間も戦いは続き、一度は勢いを盛り返した雲山朝に、王都ゴットリープを奪われたことまである。

　ゴットリープが経済都市であり、籠城に適さないゆえにわざと明け渡して、敵の補給の限界を待って奪回しているが、そこまでしなくてはならないほどに追い込まれたのだ。

「あれは、わたしが七つのときだったわ。王都の脱出作戦の中で供の者とはぐれてしまったわたしのところに、おまえは駆けつけた。わたしがおまえの存在を認識したのは、あのときだったわ。もうかれこれ十年も前ね」

「もう十年になりますか。早いものです」

冷徹な従者は、若き主君の昔話に頷く。

「おまえはあのときから、わたしに忠義を尽くすようになった。そして、女王になるように、さらには両朝を統一して女帝になるように唆すようになる。なぜかしら？」

「あなたさまに覇者の器を見ました」

「それだけ？」

小首を傾げた主君に促されたシュナイゼルは、補足を試みる。

「恐れながら両朝を取り巻く内乱は、すでにオルディーン陛下のご力量では収拾が付かない事態になっております。解決するには新たな英雄の登場が必要とあのころから考えておりました。そんなときにメロディアさまと出会ったのです。あなたさまはまだ幼かったにもかかわらず、供の者とはぐれても泣くこともなく実に堂々と振る舞っておられた。ああ、この方ならば新たな時代を切り開けると確信しました。及ばずながら、新たな覇王誕生の一助となろうと決意した次第でございます」

その答えが不満だったようで、椅子から立ち上がったメロディアは顎で命じる。

「そこに座りなさい」

「御意」

戸惑いながらもシュナイゼルは、メロディアの命令には逆らわない。素直に命じられた石の椅子に姿勢正しく座った。

「目を閉じて」

「承知しました」

シュナイゼルが目を閉じると、何やら金属音が聞こえてくる。

ジャラジャラ……

二の腕や太腿に冷たい鉄の硬い感覚がある。

しかし、シュナイゼルは微動だにしなかった。身も心もメロディアに捧げているのだ。何をされても不満はない。たとえ殺されても構わぬ。

端然としているシュナイゼルの右の耳元でわざとらしい吐息を浴びせながら、メロディアが囁いてくる。

「新たな英雄という意味なら、ペルセウスでもよかったはずよ。あの武勇のほどは単なる王子という枠にとどまらない。十分に英雄の資質がある」

「メロディアさまとは雲泥の差です」

シュナイゼルは目を閉じたまま、いささかの躊躇もなく応じた。

しかし、メロディアはシュナイゼルの太腿に手を置くと、よりねちっこい声を出す。

「そう？　女のわたしのほうが御しやすい。わたしを女帝にしたあと、その夫の座に就いて、あなたが天下を取ろうと企んでいるのではなくて？」

「恐れ多いことにございます。わたくしにはそのような野心は微塵もございません」

「でも、わたしの婚約者候補を殺しまくっているのはあなたでしょ？」

シュナイゼルの顎に、メロディアの手の中が当てられたようだ。

「わたしはすでに、メロディアさまのものにございます。わたしと結ばれてもメロディアさまにはなんの益もございません。それよりも、メロディアさまの力がいや増す夫を物色しているところにございますから、いましばらくのご辛抱を」

躊躇いのない返答に、メロディアは溜息をついて離れた。

「わたしが夫の後ろ盾がなければ覇業をなせないという考えが気に入らないわね。まぁいいわ。目を開けなさい」

傲慢な指示に従ってシュナイゼルは目を開ける。

黄金の髪飾りをつけたメロディアの顔が至近距離にあった。大きな目に、赤い瞳。白蝋のように白い肌に、柔らかい曲線を描いた頬、桜色の唇と、シャープを極めた顔立ち。

彼女は、椅子に座ったシュナイゼルの両の太腿の間に腰を置き、その右側に頭を、左側に長い脚を高く翳した形で横座りになっていた。

肘置きによって曲げられた体は、正面から見たらVの字になっているように見えたことだろう。

軍靴に包まれた長い美脚を見せつけるように高く翳し、上体を反り返らせる。青銀色の長い髪は、床に届くほどだ。

美人というのはどういう姿をしていてもスタイリッシュに決まるものらしい。実に女王さまらしい気取ったポーズだ。

「……っ！」

ついでシュナイゼルは、自分の四肢が動かせないのは、メロディアの体重が乗っているからではないことに気づいた。

なんと両の二の腕の周りに鎖が巻かれて背もたれに固定されていたのだ。

それだけではない。

手の甲と脛にも鎖が巻かれ、椅子に固定されている。これでは手足を動かすことは叶わない。

戸惑う手下の膝の上で得意げな表情を浮かべたメロディアは、右手を差し出した。その掌には指輪が置かれている。

「おまえのご自慢の魔法宝珠の入った指輪は預からせてもらったわ」

中空高くに放った指輪をメロディアの手は、キャッチする。

「わたしに仕える前、おまえは独り魔法習熟の旅に出て、件の大魔導士のダンジョンに挑んだって噂を聞いたわ」

「……」

「あなたの実父と噂されるヴラットヴェインのね。もしかして、これって父親からの授かり物だったりするのかしら？」

シュナイゼルが沈黙を保つと、メロディアは手にした物をポイッと背後に放り投げる。

「まぁ、どうでもいいわね」

カランカラン……

金属が石畳みにぶつかり転がる音を聞きながら石像のようになっているシュナイゼルの左の頬を、嗜虐的な笑みを浮かべたメロディアは舌を出して舐める。

「ほら、これでおまえはもう、なんにもできない。無力な人形よ」

「何をなさりたいのですか？」

「あなたの言動が本当かどうか確かめてあげるわ」

男の膝の上から軽やかに飛び降りたメロディアは、長い青銀髪を払いながら黄金の胸鎧を外した。

赤い軍服も脱ぎ捨て、赤いブラジャーがあらわとなる。

当然、絹であり、透かしなどの細微な模様が入った豪奢な造りだ。

「最近、また胸が大きくなったみたい。この鎧をつけていると胸元が苦しいわ」

「鎧師に調整させます」

生真面目な返答を聞き流したメロディアは、意味ありげな流し目をくれながらブラジャーも外した。そして、摘まんだ下着をシュナイゼルの鼻先に翳す。

「うふふ」

女の温もりの残る布切れの匂いを嗅がせながら意味ありげに笑ったメロディアは、指を離す。

ハラリと赤い布地が落ちた。

開けたシュナイゼルの視界に、午前の澄明な光を浴びた白い乳房があらわとなる。決して大きすぎることはない。だからといって、小さくもなかった。スレンダーな体躯《たいく》に比すれば比較的大きいという程度だろう。

メロディアの乳房の希少性は大きさではない。形のよさであり、肌の質感の美しさだ。練絹もかくやといった白く滑らかな肌に、瑞々しい朱色の乳首。

幼少期から最高級の美容法が施されているからあり得る完璧な黄金律の美乳だ。毎日、薬用の風呂に入ったメロディアの乳房にマッサージを施してきたのがシュナイゼルなのだから、いまさら驚きはしない。

とはいえ、やはり夜の闇で見るよりも、午前中の澄明な空気の中で見るほうが、美しさは格段に上だ。

まさに美の女神の化身だ。どんなに優れた芸術家でも再現は不可能なのではないかと思える完璧な造形美である。

そんなものを目の前で見せられたら、どんな男でも視線を釘付けにされるだろう。シュナイゼルとて例外ではなかった。

「以前、おまえはわたしの体に魅了されない男はないと断言したわ。さて、おまえはどうなのかしらね」

「……」

挑発的な笑みをたたえたメロディアは反り返って自らの乳房を両手で持ち、軽く揉み解す。

「わたしを決して抱かないというあなた。わたしに魅了されない男はいないといったあなた。この矛盾の答えを知りたいわ」

石の椅子に鎖で巻き付けられて動けぬ男に見せつけながら、トップレスの王女さまは両の乳房を揉んだ。

「はぁん」

男の視線を意識しながらわざとらしい吐息を漏らしたメロディアは、自らの右手の指先を口元に持ってくると、卑猥に舌を出してペロリと舐めた。

その唾液に濡れた人差し指と中指の指先で、自らの乳首を摘まむ。

シコシコと扱くとたちまち、朱色の乳首はツンと牛の角のように飛び出した。

「ああん、乳首って勃起してから触るとすっごい気持ちいいのよね」

その勃起した乳首をさらに弄び、メロディアは恍惚の表情を浮かべる。

「メロディアさま、おやめなさい。はしたないですよ」

椅子に縛り付けられたシュナイゼルがたしなめるも、メロディアは無視した。

それどころかビンビンに尖ったピンク色の乳首を、陰気な側近の鼻先に差し出してくる。

「あなたが毎日揉んで大きくしたおっぱいよ。自分だけのものにしたいと思ったことはないの？」

「恐れ多いことでございます」

「もう、バカにして」

動けぬ男の前からいったん乳房をひいたお姫様は、今度は赤い紐パンに手をかけた。鎧姿のときからさらしている、いわゆる見せパンである。軍靴が太腿の半ばまであるため、紐パンでないと用を足すのが難しい。

「ふふ～ん♪」

渋い顔をするシュナイゼルの見守る中、メロディアは鼻歌混じりに気取った仕草で紐を引く。

ハラリと紐がほどけ、毛の一本も生えていない純白の肌に走った亀裂がさらされる。

毎夜、風呂に入るときシュナイゼルにムダ毛処理をされている人工パイパンだ。

脱いだ下着を旗のように振るったメロディアは、四方の紐を持って体に密着していた部分をシュナイゼルにさらす。

女性器の密着していた部分には楕円形の染みができていた。

「さぁ、わたしのオ〇ンコの匂いをよく嗅ぎなさい」

パンツであやとり。先日、お仕置きとしてこれをやらされたゲルダは、羞恥と屈辱で震え、涙目になっていたが、メロディアは堂々たるものだ。

それどころか、その布をシュナイゼルの顔にかけると、手を叩いて大喜びをする。

「あはは、とっても似合っているわ。みんなに恐れられる陰謀家も、わたしの前ではパンツをかぶっている変態に過ぎないわね」

「……」

愛液の生々しい匂いを強制的に嗅がされながらも、シュナイゼルは主君の横暴に耐える。

「メロディアさまは何をしたいのです？」

「ちょっとした気晴らしよ。別にいいでしょ」

傲慢に応じたメロディアは、両腕を広げて見栄を切る。

女覇王に相応しい黄金の重鎧。その肩当て、籠手、軍靴はそのままに、胸元と股間という本来、女がもっとも隠すべきところだけ出すといういで立ちは、倒錯した美しさがある。

(くっくっく、女王になりたい少女は、先んじてSMの女王さまに目覚めてしまいましたね。このいで立ちを見たら、男たちが長蛇の列をなしそうだ)

呆れながら眺めているシュナイゼルの見守る中、両腕をあげ腋の下をさらして気取ったポーズを取ったメロディアが質問してくる。

「どお、わたしのこの恰好、興奮したかしら？」

「メロディアさまの裸など、いまさらでございますね」

パンティを頭に乗せても顔色一つ変えない慇懃無礼な部下に、メロディアはむっとした表情を浮かべるも、すぐに鷹揚《おうよう》な態度で頷く。

「たしかにね。あなたには毎晩、お風呂のたびに全身をくまなく洗われて、寝る前には寝台の上でクリトリスを弄り倒されて、何度もイかされ、潮を噴かされているんですものね。わたしの体の中で、あなたの知らない場所は一つとして残っていない。だからわたしも、あなたに何を見られても恥ずかしくないの」

「メロディアさまの命令に従ったまでです」

「そう？　ならよく見なさい。あなたの筋金入りの冷徹さが、本物かやせ我慢か試してあげるわ」

左右の肘置きに立ち上がったメロディアは、シュナイゼルに背中を向けると、前かがみになった。

剥きたてのゆで卵のようなツルツルのお尻が突き出される。

さらにメロディアは両手をお尻の左右から回して、尻朶を開いた。

「……っ⁉」

パイパンなだけに、肛門と女性器を遮るものがない。すべてが丸出しだ。

ちなみにメロディアの肛門と陰唇の間はかなり離れていた。俗説として、肛門と陰唇の狭間である会陰部が長い女ほど名器だといわれている。

本当に何から何まで完璧な女体美だ。

女を知らない男であったなら、ただ美しさに圧倒されただけだったろう。しかし、女を知っている男であったなら、逸物を入れたときの気持ちよさが具体的に想像できてしまい、より圧倒される。

「うふふ」

股の下から男の顔を見て、嘲笑を浮かべたメロディアは、さらに両手の人差し指と中指を、肉裂の左右に置いて、ぐいっと開いた。

くぱぁ～と鮮紅色の媚肉があらわとなる。

かつてシュナイゼルが、アンナを牝奴隷として堕とすためにさせたポーズを、大事なお姫様に率先して見せられたのだ。なんとも複雑な心境である。

もっともシュナイゼルにとって、メロディアの生殖器は見慣れたものであった。ただし、それは夜の闇の中でのことで、こうも燦燦と陽光の入る場所では初めてだ。

女の秘部を見せつけるポーズを取りながらも、メロディアは威厳に満ちた声で質問してくる。

「シュナイゼル。おまえはこのオ〇ンコにおちんちんをぶち込みたいと思ったことはないの？」

「……ございません」

見ていられないといった態度でシュナイゼルは顔を背けた。

「嘘ね。おまえの嘘はわたしにはわかる。おまえは隠し事ばかり。おまえがわたしの婚約者候補を殺そうと、先生を始めとした女たちとやりまくろうと、怒りはしないわよ」

「主君には主君の、家臣には家臣の分というものがございます。メロディアさまが知る必要のないこともございます」

「わたしはおまえと一心同体だと考えている。おまえのすべてを知りたいの！」

一喝されたシュナイゼルは一笑に付す。

「無茶なことをおっしゃいます。わたしとてメロディアさまにいえぬことはございます」

「……」

十歳という年齢差もあるのだろう。この主君を主君と思わぬ部下を正面突破することは不可能だと悟ったらしい。メロディアは両の人差し指と中指を、膣穴の四方に添えて、ぐいっと開く。

「どお、わたしの処女膜は今日も健在かしら？」

「御意。お美しい星形の穴が開いてございます」

処女膜を男に見せつけながら、メロディアは睨みつける。

「おまえはわたしを丸裸にして、処女膜の形まで知っているというのに、わたしに秘密を持つというの？」

「ご容赦ください。メロディアさまの覇道の邪魔になることは申せません」

メロディアとシュナイゼルの視線がしばし正対し、メロディアが折れた。

「わかったわ。なら質問を変える。おまえはいろんな女に手を出しているけど、本当の想い人は誰なの？」

「申し上げられません」

再びの平然たる拒絶に、メロディアの頬に朱が差す。

「わたしはあなた好みの女に作られたのよ。お尻の穴にいたるまで弄られてね」

メロディアは右手の指先をペロリと舐めると、背中から回して肛門に添えた。

「あん、おまえのせいでわたしは、お尻の穴で感じる女になってしまった」

「メロディアさまにその才能があっただけです。よろしかったではありませんか。性感帯が豊富ということは、それだけ豊かな人生が歩めるということです」

「よくいうわ。こんなお尻好きになってしまった女が結婚して、愛する旦那様にお尻も弄ってと懇願しろというの。そんな恥ずかしい真似、わたしにはできないわ、あん」

ズボリ
メロディアの中指が肛門に入ってしまった。

「あぁぁ、イイ……」

メロディアの表情が一気に崩れた。大きく開いた口元から濡れた舌がだらしなく出る。

国民や兵士や貴族たちを前にしたときのメロディアは、何者にも決して屈さない傲慢なる王女さまであり、顔は氷か鉄でできているのではないかと思われるほどである。

しかし、ひとたびアナルに指を入れられると世にも情けないアへ顔になってしまう。

メロディア本人も十分に自覚しているのだろう。羞恥に震えながら、肛門に入れた指をゆっくりと出し入れさせる。

同時に左手を股の間から入れて、陰阜を弄った。

「あん、あん、あん……」

石の肘置きに立ったメロディアは背中から回した右手で肛門を弄り、股の間に入れた左手でクリトリスを弄った。

椅子に鎖で縛り上げられているシュナイゼルは、ストリップショー、いや、オナニーショーを傍観することしかできない。

「あん、お尻、気持ちいい。お尻で感じるなんて恥ずかしいのに、やめられないわ」

本当にアナルの弱いお姫様である。

もっとも、まだ処女だ。男根をぶち込まれて、子宮口を捉えられたことはないから、そのときどうなるかは誰にもわからない。

「ああん、わたし、お尻でいく、お尻でイっちゃう」

嬌声を張り上げて男に見せつけるオナニーに夢中になっているお姫様は、膝を開いた二本の脚の間に縦長の菱形を作るなんとも下品なポーズで乱れた。

股間からダラダラと大量の愛液が滴っている。

とはいえ、このような不自然な体勢でオナニーができるというのは、メロディアの身体能力の高さの証明といえるかもしれない。

普段の毅然とした姿とのギャップから、その下品なポーズがより際立って卑猥だった。

「もう、らめぇぇ、イク――――ッ！！！」

ビクビクビクビク……

突き出した尻を痙攣させせながら、メロディアは絶頂したようだ。

黄金の鎧姿の王女さまは、肘置きから崩れ落ち、床に涎を垂らしながら余韻に浸った。

「ふぅ」

しばらくして理性を取り戻したメロディアは立ち上がり、椅子に腰かけたシュナイゼルを再び威圧してきた。

「わたしはおまえのせいで、処女のまま、こんな淫乱痴女に調教されてしまったのよ。少

し は責任を感じない？」

「淫乱痴女が悪いなどという道義はないでしょう。メロディアさまはどんな女よりも魅力的です。神話に登場する女神などたいてい淫乱ではありませんか。いや、メロディアさまの前では美の女神といえども色を失います。しかし、わかりました。このたびの企てが無事に終わり、メロディアさまが至尊の座に就いたあかつきには、わたしの心に秘めたる想い人の名前をお教えましょう」

「ほ、本当ね」

答えを欲していて、強要していたのにメロディアは動揺する。

「御意」

「ところで、それ以外なら、なんでもいうことを聞くのよね」

「メロディアさまの御身が危うくならないことでしたら」

慇懃無礼な手下を前に、メロディアは少し考える表情になった。それから頷く。

「なら、おしっこを飲めと命じたら？」

「頂戴いたします」

「いったわね。本当に飲んでもらうわよ」

再び椅子の肘掛に両足を置いて立ち上がったメロディアは、シュナイゼルの鼻先に、パイパンの股間を近づける。

「さぁ、飲みなさい」

椅子に縛り付けられた男の顔の前に、長い脚を開いて仁王立ちしたメロディアは狂気の笑みで宣言する。

「我が主君のお気に召しますように」

「……ん、……んん……」

しばし踏ん張っていたメロディアであったが、やがて諦めの溜息をついた。

「ふぅ、立ったまま放尿するのは初めてだから、なかなかできないわね。シュナイゼル、尿道口を舐めなさい。母猫が仔猫の排泄を促すとき、陰部を舐めるそうよ」

「承知いたしました」

シュナイゼルは舌を伸ばすと、陰核の下、針の孔が開いているかのような粘膜を舐めた。

ペロペロペロ……

「はぁ、はぁ、はぁ～、あん、いい感じ。そろそろ出そう。くっ、口を開けなさい」

切羽詰まった主君の指示に従って、顔をあげ口を大きく開いた。

「ふぅ……」

吐息とともにメロディアの下半身はブルリと震えた。ついで小さな針で開けられたが如き穴が広がり、液体を噴き出す。

プシャ……ッジョォォォォ――――ッ！

男の口内に渦巻く液体が注がれる。

人間の排泄物は、摂取したものの影響が出るのだろう。メロディアの尿液はメロディアの愛飲する上品な香茶の味がした。

しかし、女性の尿は直線ではなく、放射状にまき散らされた。

シュナイゼルの顔から胸元にかけて熱い液体がぶちまけられる。

「あはは……、飲んでいる。シュナイゼルがわたしのおしっこを飲んでいる」

放尿しながら変なスイッチが入ってしまったようで、メロディアは狂笑を上げている。

やがて放尿を終えたお姫様は、そのまま屈み込み囚われの男の頬を両手で挟むと、瞳を覗き込んできた。

「どうだった？　自分の人形だと思っていた女に、おしっこを飲まされた気分は」

「人形だなどと考えたこともございません」

「ふん、おためごかしばっかり」

嗜虐的に笑ったメロディアは、自分の小水に穢れた男の唇に、自らの唇を重ねた。

「ふむ、ふむ、ふむ……」

メロディアは、男の唇を舐めまわし、強引に舌を入れてきた。

前歯を舐め、歯茎を舐め、さらに歯並の奥に入れて上顎や舌など、男の口内を存分に陵辱してから唇を離す。

「ぷぁ〜」

接吻の間、ずっと息を止めていたのか、メロディアは大きくのけぞって息継ぎをした。

呼吸を整えてから、改めてシュナイゼルの瞳を覗き込む。

「これがわたしのファーストキスよ。おまえなら知っているでしょ。わたしのファーストキスの有無から生理の周期までね。女にとって大事なファーストキスが、自分を愛してくれていない男の、おしっこ塗れの唇だなんて最低の経験ね。市井で春を売る貧しい女だって、もう少しロマンチックなファーストキスを楽しむのではないかしら？」

「……」

「でも、これから異母兄や実の父親を殺そうと企む女には相応しいファーストキスなのでしょうね……あら？」

自虐的に笑ったメロディアは、不意にシュナイゼルの股間に目を留めた。

ズボンが破れんばかりにテントを張っていたのだ。

「うふふ、これはどういうことかしら？　わたしとやるつもりはないといっているくせに、ちゃ～んと大きくなっているじゃない。かわいげのない顔とは違って、体は正直だったみたいね」

「……」

さすがにバツの悪い顔をするシュナイゼルを嘲笑したメロディアは、石の椅子の肘置きから飛び降りると、膝の間に入り込んだ。

「気づいていたわよ。風呂に入ったわたしの体を揉み解しながら、寝台でわたしのオナニーの手伝いをしたときも、大きくなっていた。隠しおおせると思っていたの」

勝ち誇りながらメロディアは、ズボンの中からいきり立つ逸物を引っ張り出す。

傲然とそそり立った黒光りする巨塔を見上げて、メロディアは目を白黒させる。自分の顔の縦幅よりも長そうな肉棒を見上げて、いささか畏怖した表情になった。

「へぇ～、これがおちんちんね」

初めて男性器を目の当たりにしたお姫様は、恐る恐る尿道口に鼻を近づけるとクンクンと匂いを嗅ぐ。

「くっ」

軽く顔を顰めたあと、今度は右手の人差し指を、恐る恐る亀頭部に近づける。

ツン、ツンツン……

女の指先で突っつかれるたびに、男根が左右に揺れる。それを不思議そうに観察していたメロディアはやがて慣れてきたようだ。

始めに畏怖していた自分の心を恥じたのだろう。自らの力を誇示するかのように、左手で肉棒をぐいっとひっつかんできた。

そして、頬を引きつらせながらも、必死に余裕の笑みを作る。

「うふふ、何これ？　おまえに通じている侍女たちがシュナイゼル卿のおちんちんは、黒い金剛石のようと噂しあっているのを聞いていたけど、意外と柔らかいじゃない。何が金剛石よ。剣の柄のほうがよっぽど硬いわ」

勝ち誇ったメロディアは、左手で肉棒を握ったまま、右手の人差し指のつめ先を尿道口に添えた。そして、ぐいっと爪を入れてきた。

「くっ」

たまらずシュナイゼルが呻くと、驚いた顔のメロディアが顔をあげる。

「おちんちんは男の急所だというけど、どうやら本当だったみたいね。おまえのそんな顔、初めて見たわ」

「失礼いたしました」

「ふん、いまさら恰好をつけても遅いわよ。おまえの急所はわたしの手の中にあるんだからね。覚悟しなさい」

そういってメロディアは改めて、男根をしげしげと観察した。

「おまえが女たちをこれで操っているのは知っているわ。女ってこんな変なものを入れられると、言いなりになるの。というか、こんな大きくてゴツゴツしたものをオ◯ンコに入れるの。ちょっと信じられないわね」

ついでメロディアが興味を持ったのは、肉袋のようだ。皺皺の袋を弄び、中の玉を探り当てる。

「へぇ〜、これが男の命と呼ばれるものね。さすがに重たいわ。ふっ、知っているわよ。この中に精液が入っているのよね。女はそれをオ◯ンコの中に注がれるときが最高に気持ちいいんでしょ」

興奮に顔を輝かせながらメロディアは両手にそれぞれ睾丸を取った。

「ほら、おまえの急所はわたしの手の中よ」

「御意」

素直に認めた男の金玉を、メロディアはお手玉のように軽く放って遊ぶ。

「おまえみたいな鬼畜男がどんな顔をして女を犯しているのか興味があったわ。愛する女とやっているときも、そんなしかめっ面なの？」

「自分の顔は見ませんのでわかりかねます」

「そう、その冷徹さどこまで保てるか楽しみだわ」

嗜虐的に笑ったメロディアは、両手に持った陰嚢《いんのう》の縫い目に舌を伸ばした。

レロレロレロレロ……

濡れた舌が熱心にシワシワの袋を舐める。やがて上目遣いに見上げてくる。

「うふふ、どお、気持ちいい」

「御意」

シュナイゼルの冷静な返事を受けて、メロディアはさらに熱心に肉袋を舐め上げていたが、やがてシュナイゼルの顔を睨んでくる。

「射精しないわね」

「御意」

メロディアは苛立たしげに叫んだ。

「ああ、もう気持ちよくないのでしょ。どこを舐められると気持ちいいか教えなさい。わたしが結婚しても初夜のとき恥を掻かないように教えるのが、あなたの役目でしょ」

癇癪《かんしゃく》を起こしたお姫様に、シュナイゼルは冷静に対応する。

「男の感じる部分は亀頭部。先端部分でございます」

「なるほど、ここね。へぇ～、男も濡れるのね」

肉袋から手を離したメロディアは、改めて肉棒の先端を見上げた。

先ほど匂いを嗅いだ穴から、水滴が出ていることに気づいたメロディアは興味深そうな顔で舌を伸ばして掬った。

舌を口内に戻すと、じっくりと味わう。

「ふ～ん、美味しい」

複雑な顔をして味わったメロディアだが、美味しいと思い込もうとしたようである。

「ここを舐めればいいのね」

「御意」

男の言葉を信用したメロディアの舌は、亀頭部の周りを熱心に舐めて回り、尿道口から溢れる雫を何度も舐め取った。

「くっ」

男の呻き声に気づいたメロディアは、亀頭の裏を舐めながら、シュナイゼルの顔を見上げる。

「へぇ～、おまえもそういう顔になるのね。悪くないわ。苦み走った顔が快感に歪むの。もっともっと気持ちよくしてあげる」

逸物からいったん口を離したメロディアは上体を起こすと、自らの乳房を左右から持った。そして、体を前に押し出すと、女の唾液に濡れ光る男根を、胸の谷間に挟む。

「おまえはわたしのことを何も知らない小娘だとバカにしているのでしょうけど、おっぱいはこうやって使うものだってことは知っているのよ」

「……」

おそらく情報源は、侍女たちだろう。あとでお仕置きをしてやらねばなるまい。

そんなことを考えている陰険男に、野心家の王女さまは得意げに質問してくる。

「うふふ、どお、わたしのおっぱいで命を包まれた感覚は？」

「極楽でございます」

「そう、なら楽しみなさい」

シュナイゼルの答えに満足したメロディアは、自慢の乳肉を一生懸命に上下に動かした。

全身から汗を噴き出しながら上目遣いに、シュナイゼルの顔を窺う。

「あらあら、いつものポーカーフェイスはどうしたの？　ずいぶんと気持ちよさそうね。へぇ～、おまえの新たな一面が見られて嬉しいわ。うふふ、みなに恐れられる陰険冷徹な陰謀家もおっぱいの前には形無しね」

侮りの言葉をかけながらメロディアは、パイズリの方法をいろいろと創意工夫してくる。

乳房の先端を内側に向けると、尖った乳首で亀頭部を刺激してきたり、乳肉の狭間から飛びだした尿道口を舐め穿ってきたりした。

「くっ」

「あら、おちんちんがビクビクしているわよ。ここ、ここがいいのね、うふふ、もしかして我慢しているの。年下の女にバカにされながら射精してしまうのかしら？　やるつもりはないといっている女に我慢できないの？」

調子に乗ったお姫様は、夢中になって上体を上下させる。そして、猛々しいまでの執念に、陰険根暗策士は負けた。

「ぐぁぁぁ」

プシャッ！

ドビュドビュドビュ！

「あっ」

舐め穿られていた尿道口から白濁液が溢れ出し、白面に浴びせられた。

「……」

メロディアは一瞬何が起こったかわからないといった顔で、目を大きく見開いたが、すぐに事態を理解した。

勝ち誇った会心の笑みを浮かべる。

「うふふ、ついに射精したわね」

「失礼いたしました」

「わたしの顔にこんなにいっぱいかけて不敬の極みね。うふふ、これがおまえの精液か」

精液塗れの顔で恍惚としていたメロディアは、赤い舌を出すと、口唇の周りに付着した白濁液をペロリと舐める。

「どろっとしている。これをオ○ンコの中に注ぎ込まれたら、女は妊娠してしまうのね」

「御意」

「不思議だわ。まるで魔法みたい」

指を器用に使ったメロディアは、顔や胸元にかかった白濁液を掬い取ると、口唇に運んで食べてしまった。

「気がお済みになりましたか？」

「まさか。一度出したぐらいでは終わらないわよ。わたしがおまえに受けている屈辱はこんなものでは釣り合わないわ」

半萎えになっていた男根を再び口に含んだメロディアは、尿道口をチューと吸って残滓を搾り出す。

「うお」

男にとって射精した直後の男根というのは、触られたくないものである。それを強引に吸引されて悶絶してしまう。

「うふふ」

シュナイゼルが動揺しているさまが嬉しいらしく、メロディアは男根を咥えたまま楽しげに笑った。そして、射精したばかりの男根にチューチューと吸引を続け、ついに再び勃起させる。

それを確認したメロディアは、立ち上がりシュナイゼルの膝の上に跨ってきた。

「徹底的に搾り取ってあげる。女を舐めた男、いえ、わたしを侮ったらどうなるか、わからせてあげないとね」

再び左右の肘掛に足を置いて屈みこんだメロディアは、M字開脚で腰を下ろした。下には、いきり立つ男根がある。

主君のやろうとしていることを見て取ったシュナイゼルは慌てた。

「メロディアさま、それはおやめになるべきです」

「なんでいけないの？」

亀頭部が濡れた女性器に潜り込み、柔らかい処女膜に触れた感覚がある。

「メロディアさまは、ラルフィント王国の正統なる王位継承者であられる。いずれは相応しい婿を取る大切な御身。このようなところで犬を相手に捨てるような安い純潔ではありますまい」

「……」

シュナイゼルとメロディアの視線がしばし正対し、やがてメロディアは溜息をついた。

「まぁいいわ。こういう形で処女を捨てるって女として敗北な気もするし。今日のところはこっちで我慢してあげる」

メロディアは腰を前に出した。男根の切っ先は肛門に移動する。

「アナルでやるぶんなら、文句はないんでしょ」

「……。御意」

内心ですこぶる葛藤しながらもシュナイゼルは頷いた。

男の肩に手を置いたメロディアは挑発的に宣言する。

「いずれおまえのほうから、わたしのオ○ンコに入れたい、処女膜をぶち破りたい、中で出したい、妊娠させたいと懇願させてあげるわ」

「メロディアさま」

シュナイゼルはなんとも複雑な顔で、大事な主君の顔を見る。

色恋沙汰とは無縁に覇道を歩むことを選んだように見えるメロディア。シュナイゼルもそのように育つように教育してきた。

現在、メロディアが自分に恋心を抱いていることに気づかぬほどに、シュナイゼルは鈍くはない。

しかし、それは麻疹のようなものだと思う。思春期の女子が身近な異性に恋心を抱くのは抑えがたい衝動だからだろう。

シュナイゼルは、メロディアに好意を持っていたが、それは女帝に忠誠を誓いたいというものであって、自分の女にしたいというものではなかった。

一時の情欲に負けて、男に縋《すが》るような弱い女になられては困る。

葛藤する男の顔を、メロディアは不機嫌な顔で睨みつけた。

「なに、それともいま、わたしのオ〇ンコでやりたいの？」

「いえ」

「なら黙っていなさい。おまえが忠実な部下だというのなら、ただおちんちんを差し出せばいいのよ」

メロディアは慎重に腰を下ろしたが、男根が動いてしまって肛門には刺さらない。

苛立ったメロディアは、左手でシュナイゼルの肩を抱きつつ、右手を下ろして男根を押さえた。そうしてから、腰を下ろす。

「意外と難しいものね。踏ん張ると閉じてしまうし、力を抜くとバランスが取れない。あっ、ここ、ここね。うん」

何度も失敗したメロディアであったが、ついに男根を自らの肛門に突き刺すことに成功した。

先っぽさえ入ってしまえばあとは道なりである。

ズポン！

「うほぉ」

肛門から入った男根が喉を通って口から出たかのようにメロディアは、天井を向いて喉を開く。

「メロディアさま、大丈夫でございますか？」

「問題ないわ。こ、これぐらい……はぁん」

全身から血の気が引いて、ガクガクと震えているが、必死に虚勢を張ったメロディアは、シュナイゼルの首っ玉にしがみつく。

両手足を鎖で縛られているシュナイゼルにはどうすることもできない。メロディアの肛門がぎゅっと締まるので、男根を根本からくびり取られそうな痛みを感じたが、そこは得意のポーカーフェイスでやりすごす。

しばし硬直していたメロディアであったが、やがて顔をあげ、涙目になりながらも語り掛ける。

「はぁ、はぁ、はぁ、アナルをぶち抜かれるって、なんというか、体の心棒を失った気分になるわね。でも、悪くない気分、おまえの温もりをお腹の中に感じるの」

「それはよろしゅうございました。くれぐれもご無理をなさらずにお遊びくださいませ」

「わかっているわ」

吐き捨てたメロディアは、自分は気丈であらねばならないと思い立ったようである。

「いま、おまえにわたしのケツ○ンコの気持ちよさをわからせてあげるわ」

およそお姫様が使うとは思えぬ語彙に、シュナイゼルは軽く眩暈《めまい》を感じたが、その首っ玉にしがみついたメロディアは、左右の肘掛に置いた足で踏ん張って、腰を持ち上げた。

「はぅぅぅん」

眉根を下げたメロディアは、世にも情けない悲鳴をあげた。

おそらく、いや間違いない。尻の穴に入った太い棒が出る感覚を味わったのだ。すなわち、排泄の感覚を味わったに違いない。

他人様、それも異性の見ている前で味わう排便感覚。これに勝る羞恥はそうないだろう。

まして、年ごろの娘ならばなおさらだ。

「やだ、すごいゾクゾクする。おまえのおちんちんがわたしの中にあると思うと、ああ、お尻の穴でも気持ちいい、オ○ンコに欲しいけど、オ○ンコでなくとも十分に気持ちいい、わたし、アナルでも感じちゃっている。恥ずかしい、初めてのアナルセックスでこんなに感じるだなんて、ああ、おまえがいけない。いつもわたしのアナルを穿って、ああ、わたしをケツ○ンコで感じる、尻穴淫乱に育てたんだ。責任取りなさいよ」

気が強いという意味では人後に落ちないお姫様が、顔を真っ赤にし、涙目になりながらも必死に耐え忍ぶさまに、男心は大いにかき乱される。

それはシュナイゼルといえども例外ではなかった。

（いやはや、あのメロディアさまがこんなにかわいくなってしまうというのは反則ですね）

羞恥に悶えながらも必死に腰を上下させるメロディアの健気さに見惚《みほ》れていると、睨まれた。

「は、早く出しなさいよ。わたしのケツ○ンコに、おまえの精液をいっぱい浴びせなさい」

「我が主君の仰《おお》せのままに」

シュナイゼルとしては先ほどパイズリで射精したばかりである。二十代も後半に入った男に、そうそう連続で射精したいという欲望があるわけではなかった。

しかし、メロディアの頑張りを見ていると、早く終えてあげたいという気分になる。

そこで早く射精できるように意識を集中することにした。

「はぁん、あん、あん、うん……ああ、アノルが、おちんぽ気持ちいい」

羞恥に悶えながらも、アナルセックスの気持ちよさに目覚めていくメロディアは、大きく口を開ける。口内では涎が糸を引いていた。

傲然たる王女さまが、こんなにも正体をなくした表情を見せるのは自分の前だけである。

その特別感がシュナイゼルに二度目の射精を促した。

「あ、ああ、ちゅ、ちゅごい、おちんちんが動いている、あああ……」

肛門に突き刺さった男根の脈動が、処女媢様の快感中枢を貫いたようだ。

ドビュドビュドビュ……

「ひぁ、入ってくる。お尻の中に熱いのが、シュナイゼルのザーメンがぁ、入ってくるのぉ〜〜〜」

赤い瞳を上方向に裏返したメロディアは、大口を開け、鼻の穴までおっぴろげた完全なアへ顔で真っ白に燃え尽きた。

二度目の射精によって男根は小さくなり、メロディアの肛門から排泄される。

当のメロディアはシュナイゼルの胸元に顔を埋めて大人しくなった。

「はぁ……、はぁ……、はぁ……」

アナルセックスでの絶頂の衝撃に動けなくなったようだ。

なかなか保護欲をそそる姿である。もしシュナイゼルの体が鎖に繋がれていなかったら、思いっきり抱きしめて、そのまま一線を越えていたかもしれない。

シュナイゼルが青銀色の頭髪を眺めていると、顔をあげたメロディアが恥ずかしそうに赤面しながらも、必死に威厳を保とうとした顔で質問してくる。

「どうだったかしら？　わたしのお尻処女を食べた感想は？」

「結構な体験をさせていただきました。誠に感動しております」

「くっ、まだダメみたいね」

その丁寧な応対に、小ばかにされた気分でも味わったのか、ムキになったメロディアは、シュナイゼルの膝から降りると、膝の内側で蹲踞の姿勢となった。

「もっともっと搾り取ってあげる」

「ちょ、ちょっと待ってください。わたしはやりたい盛りの十代の少年ではありませんよ。そうそう連続ではできません」

シュナイゼルの慌てた声に、メロディアはニヤリと嗜虐的に笑った。

「ダメよ。わたしのためにもっともっと出してもらうわ。あなたがどれほどの女を騙してきたか知らないけど、その女たちの誰よりもわたしのために出しなさい」

二度の射精で、当初の勢いを見る影もなく失った逸物を、メロディアは興味深く見る。

「おちんちんって不思議ね。さっきまであんなに偉そうだったのに、何この負け犬の尾のように情けなく萎れた肉塊は」

「そ、それは……」

「うふふ、すぐにまた大きくしてあげるわ」

力尽きた男根を摘まんで、口に運ぼうとしたメロディアであったが、不意に顔を顰めて、クンクンと匂いを嗅ぐ。

「さすがに、このまま口に咥えるのはちょっと抵抗があるわね」

おしっこをぶっかけて飲ませた男と接吻することはできても、肛門に入れた直後の男根をそのまま口に咥えるのはできなかったようだ。

メロディアはシュナイゼルの頭に乗っていた自分の下着を取ると、男根をゴシゴシと拭う。

それから消毒の魔法をかけた。

「これでよし」

男根から不浄な匂いがなくなったことに満足したメロディアは、再び男根を口に咥えた。

「あ、ちょ、ああ……」

「うむ、うむ、うむ……」

射精の直後で脱力していたシュナイゼルが情けない悲鳴を漏らしたことで、メロディアはかえって調子に乗ったようだ。

萎んだ肉塊を、肉袋の果てまで完全に含み、全体を唾液の海で泳がせながら吸引してくる。

「お、おお……」

二度の射精によって完全に骨抜きになっていた男根が、メロディアの口内で少しずつ力を取り戻していく。

やがて喉にまで届いた男根を吐き出したメロディアは、満足げに眺める。

「何ができませんよ。しっかり勃つじゃない」

強引な愛撫によって、三度勃起させられた男根の幹を、メロディアは右手で握ると激しく上下に扱き、左手で亀頭部を押さえると、掌でキュッキュッと磨く。

「メロディアさま、さすがに三連発は……!?」

十代半ばの男子ならば、三連発ぐらい余裕だろうが、二十代も後半に入った成年男性に強要するのは酷というものである。

しかし、ティーンエージャーの女子は、成人男性の都合など忖度してくれない。

「ダメよ。わたしが満足するまで許さない。おまえはもっともっと精液を出して、わたしにぶっかけるの」

亀頭部が男の弱点だと教えられたメロディアは、手を替え品を替えて男の急所を責めてくる。

ついには右手の親指と人差し指で輪を作り、雁首を持ち上げながらゆっくりと回転。一方で左手では亀頭部を包み込み、逆回転に回してきた。

「ひぃあ」

亀頭部を上下からすり潰す動きに、シュナイゼルは世にも情けない悲鳴をあげてしまった。

「うふふ、出すの♪　もう出してしまうのかしら？　さっきまではもう限界なんていっていたのに、あはは、言行不一致とはこのことね」

縛られて動けぬ男を嘲弄《ちょうろう》するメロディアであったが、その下半身では大きく開かれた臀部の後ろの穴から白濁液を溢れさせ、前の穴からは透明な液体を滴らせて、床を穢す。

「くあぁぁぁぁぁ」

ブシャヤヤヤヤヤッ！！！

シュナイゼルは白目を剥きながら絶頂した。

直後に尿道口から熱い液体が大量に噴き出して、メロディアの頭に浴びせられる。

「キャッ、何これ？　すごい量。さっきまでのザーメンと違う。……もしかしておしっこ？」

ばらまかれた熱い液体を頭から浴びて、さすがのメロディアも笑いながら困惑する。

いわゆる男の潮噴きと呼ばれる現象だ。射精しまくったあともさらに刺激を加えられた男根は、もはや出ぬ精液の代わりのものを噴き出す。放尿体験に近いものだというが、普通の射精よりもきつい快感がくる。まさに男の断末魔とでもいうべきものだろう。

陰謀家の義母の教育方針で、幼少期から侍女たちにあたりまえにおちんちんを悪戯されて育ったシュナイゼルといえども、これは初めての体験であった。

あまりの快感に理性が焼き切れてしまっている。その光景にメロディアは満足げに笑う。

「あはは、おちんちんって面白いわね。普段は憎らしいまでに冷徹なおまえでも、おちんちんを弄ばれたらこのざま。おまえを恐れているやつらに見せてやりたいわ」

「……」

惚けている男の萎んだ逸物を、メロディアは摘まみあげる。

「でもまだまだよ。お楽しみはこれから。もっともっと徹底的に搾り取ってあげるわ」

その後も、真っ白に燃え尽きてしまっている青年の男根を、淫乱王女さまは弄び続ける。

そんな淫痴の光景を、戦慄した表情で覗いている人影があった。

※

「メロディア。おまえに関する告発があった」

父王オルディーンから呼び出しを受けたメロディアは、シュナイゼルを従えて王宮に登城した。

謁見の間にて対峙したオルディーンは、齢六十歳前のはずだが、年齢よりも確実に老けて見える。それだけ苦難の人生を歩んだということだろう。

王位継承問題が姦しい時期である。もしかしたら内示だろうか、と期待してやってきたのだが、どうも雰囲気が違う。

なぜなら、室内には勝ち誇った顔の異母兄のペルセウスや、複雑な顔をしたメロディアの母親オルフェ、さらには片隅に緊張した面持ちのアンナなどが控えていたからだ。

「何かしら？　伺いましょう」

悠然と受ける娘に、老王はけだるげに質問した。

「ペルセウスがいうには、おまえの素行が栄えあるラルフィント王国の王族として相応しくないと。側近のシュナイゼルとの淫行に耽《ふけ》っているというのは本当か？」

# 第六章　バージンクイーン

「これはわたしに対する大いなる侮辱だわ」

父であるオルディーンに諮問されたメロディアは静かな怒気を纏って呻いた。

そんな異母妹を横目に、したり顔のペルセウスはもう一方の当事者に声をかける。

「シュナイゼル、弁明を聞こう」

話を振られた陰気な男は、慇懃に頭を下げた。

「わたしはメロディアさまに忠誠を誓うものです。やましいことは一切ございません」

「さてさて、男女間の友情とか忠義というものは、得てして色恋沙汰に変わりやすいものだ」

ニヤニヤと笑ったペルセウスは、シュナイゼルの弁明をまったく信じていない。

このままではやったやらないの水掛け論になる。いや、どんなに弁明してもメロディアの不名誉な噂は残るだろう。

王女たるものが、臣下と姦通していたなどスキャンダルだ。

男がいくら女遊びに興じても、「あの方は女好きだから」と苦笑されるだけで、特にデメリットはない。それどころか親しみを持たれることも珍しくなかった。

しかし、女の場合は淫売だ、不貞だなんだと、陰口を叩かれて著しく評価が下がる。

なんとも不公平な話だが、それが現実だ。

それは次期国王レースを戦うメロディアにとって致命的な傷になりかねない。

いや、ペルセウスは傷を付けるつもりなのだろう。いかにも寛容な態度を装って異母妹の肩に手をかける。

「まぁまぁ、おまえも年ごろの娘だ。人恋しいこともあろう。おまえが男遊びをしようと咎《とが》めはしない。ただこの戦時下にあって、悪き噂のあるものに国を任せられない。国の品格にかかわるからな」

異母兄の腕を振り払ったメロディアは、オルディーンに詰め寄った。

「わたしは断じて王族として後ろ指をさされるようなことはしておりません。父上、わたしの名誉のために、仙樹教の巫女たちを呼び、検査をしていただきたい」

「ちょ、ちょっと、メロディア」

驚きの声をあげたのは、メロディアの実母たるオルフェだ。

四十過ぎの眼鏡をかけた細身で、神経質そうな女性である。

幼少期のオルディーンが養子に入った南の有力貴族バルザック家の娘であり、義妹にあたる。彼女の実家の後ろ盾がなければオルディーンの現在はない。それゆえに、彼女の産んだメロディアが、正統な王位継承者と遇されるのだ。

ただ実務派の人であり、不安定な国情を支えようと長く宰相として辣腕を振るったため、オルディーンの正式な妻となるのが遅かった。そのため出産も遅く、しかも一人娘しか儲けなかったため、現在の王位継承問題が起こったといえる。

しかし、猛り狂う娘は収まらない。

「母上はお黙りください。実にくだらない誹謗中傷ですが、それで白黒が付くことでしょう」

王女が男漁りをしていたなどというスキャンダルは内々で処理して終わるべき案件だ。しかし、公的な機関を使ったら、もはや秘密裡というわけにはいかなくなる。

「おまえ、そんな意地を張らなくとも……」

ペルセウスも、まさか妹がこのような反応をするとは思っていなかったようで、困惑顔である。

「わたしには一切やましいところはございません！」

娘の権幕に負けたオルディーンは頷く。

「よしわかった。おまえの希望通りにしよう。ただちに手配する」

国王の勅使が、仙樹教の神殿に入り、ただちに老齢の巫女たちが五人ばかり登城してきた。

特別室が設けられ、メロディアは移動するよう促される。

「わかったわ」

さすがに固い表情をしたメロディアが部屋を出ようとしたとき、シュナイゼルが進み出る。

「お待ちください」

「何か？」

「公平を期すために、リフィル殿にも同席していただきましょう」

みなの視線が一斉に、家族会議を面白そうに眺めていた貴婦人に向く。

若いころはさぞ美人だったろうと思わせる洗練された装いの、五十近い淑女だ。

「ええ、いいわよ」

彼女はペルセウスの母親だ。息子の不利になることは決してしないだろう。つまり、不正は決して見逃さないということだ。

「それじゃ、わたしもいくわ」

別の母親が立ち会うのに、実の母親が立ち会わないのは不自然ということで、オルフェも席を立った。

二人の母親を従えて、部屋を出る前にメロディアは改めて異母兄と対峙する。

「わたしにここまでのことをさせるのです。もし間違いでしたら、相応の対価は払っていただくわ」

「対価だと……？」

「当然でしょ。覚悟なさっておいてください」

戸惑うペルセウスに背を向けて、メロディアは顎を上げ、肩で風を切りつつ部屋を出る。

巫女たちの持つ部屋に入ったメロディアは、用意された分娩台に乗せられた。

両足には金属製の拘束具が嵌められ、M字開脚を強要される。メロディアから下半身を窺えないように、カーテンの衝立が設けられたのは、せめてもの配慮といったところだろうか。

鋭い眼光を天井に向けたメロディアの下半身には、大勢の女たちが集まり、肉裂を開いて覗き込まれる。

「うわ、すごいパンツを穿いているから、どうなっているんだろうとは思っていたけど、剃っていたんだ……」

「若い子ってお洒落のためならなんでもするものよ。わたしも若いころはビキニ鎧を着るために、剃ったものだわ」

オバサンたちの好き勝手な感想を、誇り高い王女さまは固い表情で聞き流した。

※

「思いもかけないことになったわね」

メロディアの処女検査が行われている間、そのまま待つのも気まずいので男たちはそれぞれ部屋を出た。

シュナイゼルのもとに、家人たるゲルダが歩み寄る。

「……」

メロディアが正真正銘の処女であることは、シュナイゼルが一番知っている。

だから、検査の結果にはなんの心配もしていない。

今回の騒動によって、ペルセウスは信用を落とすことだろう。結果が楽しみなほどである。

シュナイゼルの顔を見て、ゲルダは何か悟るところがあったようだ。

「もしかして、すべて仕組んでいたのか？」

「買いかぶりです。わたしはすべてを見通す鏡を持っているわけではありませんよ」

苦笑とともにシュナイゼルは首を横に振るった。

「しかし、ペルセウスの陣営が、なかなかメロディアさまを失脚させられないことに焦って、勇み足をするだろうとは予想していました。メロディアさまを処女のままにしておいたことが思わぬ副産物を生みましたな」

庭を探索していると、庭木の藤の華を見上げて佇《たたず》んでいる紫色の髪を束ねた女性を見つけた。

「おや、裏切り者の先生だ」

メロディアの家庭教師たるアンナだ。

先日の元帥府での一件のあと、彼女の挙動が明らかにおかしくなった。

そこで偽ペルセウスに化けているときに聞き出したのだ。彼女に覗かれていることを知らなかったシュナイゼルはさすがに焦ったが、すぐに今回の策を思いつき、本当のペルセウスのもとに見たことを知らせにいくように促したのである。

「殺りますか？」

ゲルダの提案に、シュナイゼルは首を横に振るう。

「殺すだけでいいのなら、もっと早くにやっていますよ。彼女は現在のラルフィント王国でもっとも優れた天馬騎士です。戦力として確保しておきたい。しかし、そろそろ最後の仕上げですね。ゲルダ、おまえにも手伝ってもらいましょう」

シュナイゼルに耳打ちされたゲルダは眉を竦める。

「またあくどいことを思いつくものだ」

言葉とは裏腹にゲルダは嬉しそうである。シュナイゼルの悪辣な所業を見るほどに、彼女の忠誠心はあがるらしい。

※

「やぁ、アンナ、どうしたんだい。浮かない顔をして」

ペルセウスの外見をしたものに挨拶をされて、アンナは慌てて姿勢を正す。

「ペルセウスさま。心配いりません。元帥府にてメロディアさまが、シュナイゼルにたぶらかされているさまをわたしはこの目で見ました。検査は必ずやメロディアさまの非処女を認定します。そうなれば、次期王位はペルセウスさまのものです」

いきなりこう応じたということは、メロディアの自信満々の振る舞いに、不安になっている表れだろう。

「ああ、わかっているよ。ぼくの愛しい小鳥」

アンナのもとに歩み寄ったペルセウスは、左手を伸ばして藤の樹の幹に手を置きつつ、右手でアンナの顎を摘まみ、くいっと上げさせる。

「メロディアを裏切ったことに罪悪感を覚えているのかい？」

「いえ、そのようなことは……」

アンナの桃色の瞳が泳ぐ。

密告のような行為は、アンナのような真っ直ぐな気性の女にはいたたまれない気分を抱かせるであろうことは想像に難くない。

シュナイゼルは優しく諭す。

「これでよかったのだ。王などというものに、若い娘がなって余計な苦労をすることはない。あの子は女としての幸せを得ることができる。君の選択は正しかった」

「そ、そうですよね」

行動を恋人に肯定してもらったことで、アンナは頬を輝かせる。

シュナイゼルはそっと唇を重ねた。

頬を染めたアンナは、潤んだ瞳を閉じて、嬉しそうに唇を差し出す。

接吻を終えた偽ペルセウスは牝の顔になった天馬騎士の耳元で甘く囁く。

「メロディアの検査が終わるまでまだ時間がある。少し楽しもうか？」

「こ、このような場所ででございますか？　……わかりました」

アンナは、ペルセウスの愛人であることを極力、他人に知られないように努力してきた。

しかし、あと数刻もすれば、ペルセウスの王位継承は確定になる。

もはや隠す必要はなくなったのだと判断したアンナは、喜んで自らパンツを下ろした。

「くっくっく、そこの樹に両手をついて、お尻をこちらに差し出しな」

「ど、どうぞ」

男の指示に従ったアンナは、藤の華の幹に両手をついて、大きな尻を突き出した。

午後の陽光に、白い尻が輝く。お尻の穴と女性器が丸さらしだが、いまさら隠すような仲ではない。

（とはいえ、アンナのオ〇ンコを日の光の下で見たのは初めてですか？　なかなか綺麗なオ〇ンコだ）

二人の逢引きは、人目を忍んで行われていたため、いつも夜だった。

新鮮な気分になったシュナイゼルはズボンの中からいきり立つ男根を取り出す。

「それでは入れるぞ」

「はい。いつでもお好きなようにご使用ください。わたしの体はすべて殿下のもの……」

マゾ気質の女は、男の所有物であることに歓びを見出しているようである。

その所有者が別人であることに気づいていない哀れさを、内心で嘲笑しながらシュナイゼルはいきり立つ男根を押し込む。

「ああん」

いかに完全調教済みの淫乱女とはいえ、前戯もなしの挿入である。膣内はしっとりとしか濡れていなかった。それだけに襞の感触がよく伝わる。

（いつもの失禁したかのようなビショビショオ○ンコもいいが、たまにはザラザラの襞の感触を楽しむのも悪くないか）

日頃天馬に跨っている女の膣圧は一級品だ。

膣洞の締まりのよさだけを問題にするならば、シュナイゼルのやったことのある女の中で一番だろう。

ゲルダも鍛えられた体をしているだけあってよく締まる膣洞をしているが、アンナに比べると一歩劣る。もっとも膣洞の良しあしは締まりだけで判断されるものではない。

（天馬騎士としての技量はもちろんですが、こんなによく締まるオ○ンコを持った女を殺すのは惜しいですからね）

シュナイゼルが腰を動かす前に、アンナは尻を8の字に動かし始めた。

「あん、殿下のおちんちん気持ちいいです。これぞ王のおちんぽさま」

愛する男を楽しませようと、すっかり酔い痴れているアンナを見下ろして、シュナイゼルは失笑した。しかし、実際に我慢しきれずに噴き出したのはゲルダである。

「ぷっ」

「っ⁉」

突如、聞こえてきた第三者の声にアンナは驚愕し、シュナイゼルは樹木を見上げてたしなめる。

「おまえには仕事を命じたはずですが？」

「ええ、間もなく。うふふ、ですが、こんな喜劇。見ているだけではもったいない」

シュナイゼルは溜息交じりに頷く。

「ならば、おまえも参加しなさい」

「はい」

木の枝から飛び降りたゲルダは、アンナの胴の下に潜り込むと、乳房を手に取った。

「ちょ、え、どういうこと⁉　あん」

「彼女もぼくの女なんだ。一緒に楽しもうと思ってね」

「わ、わかりました、あん」

ペルセウスに身も心も捧げたアンナであったが、自分だけがペルセウスの女だとは自惚れてはいなかった。当然、他にも女はいるだろう。

ハーレムセックスに参加して、女同士で寵愛を競って、主君を楽しませる覚悟はあった。

しかし、いま自分の乳房に吸い付いた女の顔には見覚えがある。

たしか、シュナイゼルの家人で、夜の王女宮を裸で散歩させられるという恥辱の調教を受けていた女のはず。

それがペルセウスの女？

アンナは戸惑ったが、愛しい男に男根をぶち込まれたうえに、同性に乳房を舐めしゃぶられた状態ではまともな思考ができない。

「あん、あん、あん、これ、ちゅごい、ちゅごいですぅ」

男根を入れた直後はほとんど濡れていなかった膣洞内も、いまや大洪水になってしまっている。

三つ穴を掘られ、すっかり身も心も調教されたと思っていたアンナであったが、初めてのハーレムセックス体験に一段と深い悦楽に堕ちていった。

「くっくっく、気に入ってくれたようでよかった」

興が乗ったシュナイゼルは、アンナの左足を抱えて、天高く上げさせる。

ゲルダは心得たもので、アンナの下半身に移動すると、男女の結合部に舌を伸ばした。

ペロペロペロ……

「ひぃぃぃ、気持ちいい〜〜〜」

愛しい男の逸物で、子宮口まで貫かれた状態で、同性ならではの壺を心得た舌で陰核を舐められる。このハーレムセックスでしか味わえない究極の快楽に、アンナは溺れた。

ゲルダはさらに右手を、アンナのお尻に回して、肛門に指を入れる。

「ああ、ああ、あああ……」

膣洞に愛しい男のいきり立つ男根をぶち込まれて、子宮口を捉えられているだけで、女にとっては十分な快楽なのだ。

そのうえ同性に、陰核を舐められ、肛門を穿られる。

この三点責めには、国一番の天馬騎士も陽光の中、両目を上に向け、開いた口から涎と舌を出す。完全なるアヘ顔をさらしてしまった。

そんなときに、戸惑った男の声が聞こえてきた。

「シュナイゼル、おまえこんなところで何を？」

「これはペルセウス殿下。失礼。少し時間を持て余したもので、恋人をかわいがってやろうかと思いまして」

「……っ!?」

金髪の青年の顔を見て、アンナは絶句した。

彼女は現在、ペルセウスに身を捧げ、その逸物を体内に呑み込んでいるのだ。

子宮口に亀頭部がぴったりと張り付く、いつもの感触はいまもある。

しかるに、彼女がしがみつく樹木の向こう側には、その愛しい主君が立ち尽くしていた。

「おまえは、メロディアの情夫ではないのか？」

「だから違うといいましたでしょう。ただし、このアンナはわたしの女です」

シュナイゼルがアンナの顔を上げさせた。アンナの目が、立ち尽くすペルセウスの顔を見る。

「なっ⁉　なぜ……？」

アンナの体内に呑み込まれている男根は、いつもと同じだ。大きくて太くて硬くてゴツゴツしている。その形を、アンナの膣洞は完全に覚えていた。別人のものだったら、気づかないはずがない。

それなのに、いま彼女を犯しているのは、ペルセウスではなかった。

恐る恐る背後を窺ったアンナは、自分を犯している相手が宿敵たるシュナイゼルであることを知る。

「っ⁉」

目を剥くアンナに、ペルセウスが詰問する。

「バ、バカな……、アンナ、どういうことだ？」

「そんな、わたしはたしかに……」

「俺を嵌めたのか⁉」

混乱するアンナの体内で、よく知った男根が脈打つ。

「いいえいいえ、わたしはそんなひああああぃぃぃぃぃぃぃ」

ドクン！

亀頭部が子宮口に刺さった状態で射精された。

この男根で膣内射精をされたら、アンナの体は歓喜に打ち震えながら絶頂する。そういうふうに出来上がってしまっていた。

だから、どんなに混乱していても、肉体は反射行動を起こしてしまう。

「気持ちいいぃぃぃぃ！！！」

愛しい男の顔を見ながらアンナは、政敵であった男に貫かれ口元から涎を垂らして絶頂する。忠義を誓ったはずの男を前に、凛々しい女騎士は見るに堪えないアへ顔をさらしてしまった。

「……」

輝く金髪の王子様の足元がグラリと揺らぐ。

ペルセウス、シュナイゼル、アンナは同じ年である。王子様と上級貴族の子弟として、多少の身分の違いはあれど顔見知りである。お互いの好悪の感情は把握していた。

ペルセウスとアンナは、純粋で真っ直ぐな性格だけに、互いに信用し、男女としても惹かれあっていた。

ペルセウスとしては、アンナに好意を持たれている自覚があり、また自分も憎からず思っていたことだろう。

だからこそ、アンナからのタレコミを無条件に信じた。その女が宿敵に身を預けて絶頂したのだ。

（ショックを受けるくらいなら、とっとと抱いておけばいいものを。これだから坊ちゃんは）

シュナイゼルは同じ年の王子様を内心で嘲笑する。

そして、この状況でこのようなものを見せられたら、いかに純真真っ直ぐな王子様でも嫌でも気づくだろう。

シュナイゼルの女に偽の情報を掴まされた。まんまと罠に嵌まったのだと。

「この売女《ばいた》が、よくも騙してくれたな！」

怒気に顔を真っ赤にして悪罵したペルセウスは、逃げるように去っていく。

「ち、違う。違うのです。殿下、お待ちください。殿下、わたしは……ぁぁ」

アンナは声にならない声で訴えるが、体は膣内射精された歓びに震えていて、動くに動けない。

　一方でゲルダが不満の声をあげる。

「まったく、やめてほしいな。こんなところで嬉ションなんて」

　どうやらアンナは絶望のあまり、失禁絶頂してしまったようである。

　その尿をゲルダは顔面から浴びてしまったのだ。

　もちろん、今回のこの決定的な邂逅《かいこう》は偶然起こったわけではない。ゲルダがペルセウスを誘引したのだ。

「……」

　いろんな意味で満足したシュナイゼルは、小さくなった男根を引き抜くと、いまだに呆然としているアンナを抱き寄せて、その焦点の合わない瞳を覗き込む。

「心配いりませんよ。先生の処女を奪ったのも、アナルを掘ったのも、そして、いつも美味しそうにしゃぶっていた陰茎の持ち主も、すべてわたしです」

「シュ、シュナイゼル、き、貴様……」

　アンナの瞳がグルグルと回っている。

　失恋ではない。そもそも何も始まっていなくて、別の男にやられていたのだ。

　嫌悪していた男に処女を捧げ、アナルを掘られ、喜んで精液を飲んでいた。

そのあまりにも酷い現実に、女としてのアイデンティティを完全に砕かれてしまったのだろう。あまりのことに涙も出ないといった惚けた表情だ。

「先生の働きで、メロディアさまの王位継承は今日にも決まるでしょう。これからもメロディアさまをともに支えていきましょう」

はっきりと言葉によって告げられたのがダメ押しとなったようで、アンナはぐったりと崩れ落ちた。

「ゲルダ。先生のことは頼みますね。そろそろ結果が出る頃合いでしょうから、わたしは陛下のもとに戻ります」

「承知した」

悠然と身支度を整えたシュナイゼルは、王のいる部屋に向かった。

※

「確認いたしました」

シュナイゼルが入室すると、ほどなくして、老齢の巫女が現れて厳《おごそ》かに告げる。

「メロディア姫はまごうことなき処女でございます」

「……」

室内で待っていた男たちはみな一様に押し黙った。

メロディアが処女検査を受けるといいだした時点で、こうなることはみな予想できていたからだ。

ペルセウスにしても、先ほどのアンナの痴態を見たことで、自分が罠に嵌められたという自覚を持っていた。

ただ、憎々しげにシュナイゼルを睨んだだけだ。

ついでリフィルが入室してきた。

「母上」

息子の縋るような視線を受けながら、リフィルは肩を竦める。

「わたしも確認した。メロディアのお嬢ちゃんはまだ男を知らない。よってあんたの告発は嘘だったということになる」

ついで母親のオルフェに介護されながら、メロディアが戻ってきた。

「父上、お聞きになった通りです」

「ああ、わかった。おまえは王家の名誉を傷つけていない。立派な娘だ」

「ありがとうございます」

父親の評価に満足したメロディアは、ペルセウスに向き直る。

「さて異母兄上《あにうえ》、この落とし前は取ってくださるのでしょうね」

「何？」

「この不名誉。どう償ってくださるのか聞いているんですわ」

メロディアだけではない。部屋にいたもののすべてが、ペルセウスに批判的な視線を向けている。

ペルセウスは呻き声をあげて立ち尽くした。

「ふざけるな。これは罠だ。そのシュナイゼルが俺を嵌めるために行った陰謀だ」

「見苦しいですね」

腰に手をあてたメロディアは、上から目線で嘲笑する。

実際、ペルセウスの態度は悪あがきに見えた。見かねたリフィルがたしなめる。

「ペルセウス。その辺にしておきなさい。あんたは妹に、女にとってもっとも屈辱的な体験をさせたのよ。素直に詫《わ》びをいれろ」

母親にまで叱られたペルセウスは、しぶしぶ異母妹に頭を下げた。

「……。わ、悪かった」

「それが謝罪ですか？」

「何？」

異母妹に冷たい声で挑発されて、ペルセウスはむっとする。

メロディアは顎をあげ、傲慢な表情で異母兄を睨みつける。

「異母兄上《あにうえ》がこのような誣告をなさったのは、わたしを王位継承レースから蹴落とすためなのでしょう。ならば異母兄上《あにうえ》には王位継承権を放棄していただく、といいたいところですが、そこまでは求めません。その代わり」

不意にメロディアは落雷のような声を張り上げた。

「跪いて、額を床にこすりつけなさい！」

「ふ、ふざけるな。なぜそこまで……」

ペルセウスは、アンナの持ち込んだ情報を聞いて、メロディアを陥れるチャンスであり、失敗しても自分に害はないと軽い気持ちで行った告発であったに違いない。

しかし、結果的に自らの名誉が大いに傷ついた。この場は妹の言い分を認めなくては収まりが付かないと察したようだ。

「わかった。こうすればいいのだな」

家族の見守る中、ペルセウスは異母妹の足下に額ずいた。

その光景を足下に見下ろしながら、メロディアは嫌味たっぷりに青銀色の髪を払った。

「これに懲りたら、下手な陰謀ごっこなどしないことね。お・に・い様」

「くっ」

正義と武勇の人として知られた王子様は、衆人環視の中で屈辱に震えた。そこにシュナイゼルが口を挟む。

「くっくっく、このような痴態をさらすなど、とても王の器ではありませんね」

メロディアは我が意を得たりとばかりに大きく頷く。

「父上、やはり伝統あるラルフィント王国の跡を継げるのはわたししかおりませんわ。わたしならば、必ずやにっくき恩知らずなギャナックを、このように従えてみせましょう」

「ちょ、ちょっと待て。それとこれとは別であろう」

雲山朝の王に見立てられたペルセウスは慌てて立ち上がったが、あとの祭りである。

彼の立場から見れば、別に所領や財産や手兵を失ったわけではない。しかし、世間ではペルセウスが陰謀で、それも下世話な陰謀で妹の名誉を傷つけて、返り討ちにあって土下座までさせられたという事実のみが残った。

たったこれだけのことである。しかし、格の差が付いた。

ほんの小さな差。しかし、それがバタフライ効果を生む。

以後、すべての行事でペルセウスよりもメロディアが上位者として扱われるようになり、自然と王位継承の格付けにもなっていった。

一年後、メロディアが王太女と叙せられる。これに激怒したペルセウスは、自領のミラージュにて挙兵した。

「ラルフィント王国の未来を担うのは俺だ！　あんな顔の綺麗なだけの小娘に何ができるというのか！」

しかし、戦争にはならなかった。兵士たちを前に演説していたペルセウスの喉を、どこからともなく飛来した矢が貫いたのだ。

「ペルセウスさま⁉　くそ、どこから……」

騒然とする兵士たちは、はるか遠くに黄金の仮面をつけた怪人をみたという。

「ふっ、坊ちゃんが……」

嘲笑を浮かべたゲルダはゆっくりと踵を返す。

仮面をつけていたのは、もちろん、正体を隠すためのちょっとした変装である。しかしながら、この外連味《けれんみ》たっぷりの仮面が、夜鳥衆と呼ばれる忍者軍団の棟梁の象徴となっていく。金次第でなんでもするフリーの忍者軍団として知られた夜鳥衆。その始まりはシュナイゼルの指示のもと彼女によって組織されたのだ。

むろん、それはのちのちのこと。

ペルセウスの横死後、その所領は、彼の同母弟に下賜された。

※

「ラルフィント王国の正統な王、女王メロディアさま」

「バージンクイーンばんざい」

仙樹暦931年。ラルフィント王国の山麓朝初代国王オルディーンは引退し、その息女メロディアに王位を譲った。

そして、青春時代を過ごしたバルザック地方を隠居所にする。その妻であるオルフェや、ゲリュオンは付いていった。リフィルは所領であるミラージュで息子の後見になる。

女王に即位したメロディアは、ただちにシュナイゼルを宰相に任命した。

「国王へのご即位おめでとうございます。来るべき決戦に向けてさらなる栄達の道を登らんことを家臣一同願っております」

一通りの儀式が終わり、玉座に座ったメロディアに、シュナイゼルは深々と一礼する。

その頭に向かってメロディアは声をかけた。

「シュナイゼル。わたしは女王になったわ。いつぞやの答えを教えてもらおうかしら？」

「はて、なんのことでございましょう」

シュナイゼルの返答に、メロディアは眉を寄せる。

「おまえ……惚けるつもり？」

「……」

　素知らぬ顔をするシュナイゼルに、メロディアは怒りを爆発させる。

「あなたの想い人は誰なの？　いいなさい。これは命令よ」

　主君の権幕を前に、シュナイゼルは大きく溜息をつく。

「仕方ありませんね。では、わたしの胸中にしまい、墓場まで持っていこうとしていた気持ちを打ち明けましょう」

「うむ」

「わたしが想いを寄せている女性は一人だけです」

　シュナイゼルの返答に、メロディアは寂しそうに頷く。

「そ、そう」

「あなたに決まっているでしょう」

「……」

　シュナイゼルの言葉の意味をとっさに理解できなかったようで、メロディアはすぐには反応しなかった。

　しばし空白の時間が流れたあとに、両目を大きく見開く。

　深山に降り注いだ初雪のような白い肌がみるみる染まる。それから上ずった声をあげた。

「そ、そうよね。そうに決まっているわ。も、もちろん、わかっていたわよ」

冷徹な顔をしたシュナイゼルの目元が若干和らぐ。

「幼女を自分好みに育てるというのは、男の夢であり、ロマンですからな」

メロディアを理想の女帝として育てる。これがシュナイゼルの願望であった。

世界の頂点に立つべき女帝は、自分程度の男で満足してもらっては困るという思いがあると同時に、理想通りに育てば育つほどに強烈《きょうれつ》に惹かれる、という矛盾する思いがシュナイゼルの中にあったのだ。

メロディアの顔がかぁと赤くなる。

「またバカにして。おまえは骨の髄まで変態だわ」

「……失礼いたしました」

一礼するシュナイゼルを前に、メロディアは咳払いをする。

「ま、まぁ、いいわ。あなたの気持ちはわかった。では、わたしの女王としての初めての勅命を発するわ。これは決して拒否することは許されない。いいわね」

「御意」

「わたしの処女を奪いなさい。おまえのおちんちんで」

シュナイゼルは顔をあげて、メロディアの顔を窺う。これだから小娘は度し難いといいたげな眼差しに、メロディアは頬を膨らませる。

「も、もうあなたがわたしに手を出さない理由はないでしょ！」

「ご報告が遅れましたが、メロディアさまと北陸を束ねるカルシファー殿のご子息との婚約が調いそうです」

カルシファーとは、オルディーンの次兄カルシュの末子で、雲山朝のギャナックが再起したときに協力した人物だ。かなりの野心家であり、北陸に独自の勢力を蓄えている。それを味方に引き入れることができれば、両朝の勢力バランスが一気に崩れるほどのインパクトを持つだろう。

「くだらない。わたしは自分の力で天下を取ってみせる。体に入れるおちんちんだって自分で決めるわ！　もう一度勅命をいう。シュナイゼル、おまえのおちんちんでわたしの処女を奪いなさい」

「……勅命。謹んでお受けいたします」

覇気に打たれたシュナイゼルは、王座に座る十歳年下の少女の細い顎を摘まむと、唇を重ねた。メロディアは積極的にシュナイゼルの頭を抱く。

「うむ、うむ、うむ……」

夢中になって唇を重ねながら、シュナイゼルはメロディアの礼服の胸元を開いて、美乳を露出させる。

その白い新鮮な果物の如き乳房を手に取ったシュナイゼルが揉んでいると、朱色の乳首が突起する。

そこを摘まんで扱きつつ、片手をメロディアの股間に入れて、過激なパンツ越しに肉溝を撫でていると、メロディアもまたシュナイゼルの股間を弄ってきた。

「っ⁉」

いきり勃った男根を、ズボンの中から引っ張り出したメロディアは両手で包んで愛しげに扱いてくる。

やがて接吻を振り払ったメロディアが懇願してくる。

「はぁ、はぁ、はぁ……もう、我慢できない。早く、これをわたしの中に入れて……」

「くっくっく、困った淫乱女王さまだ」

「おまえが、わたしを淫乱にしたのよ」

嘲笑されたメロディアは、不満そうに頬を膨らませる。

「承知しております。しかし、メロディアさまは処女なのですから、入れるときに体に負担がかかります。じっくりと解さなくてはなりません。もう少し我慢してください」

「わ、わかったわ……」

しぶしぶ男根から手を離したメロディアの顎から首筋をシュナイゼルはネッキングし、

さらに鎖骨のくぼみに接吻してから、腕を上げさせ腋の下を舐める。そして、コリコリに突起した朱色の乳首を口に含んだ。

「ああ……」

官能の声をあげる乙女の左右の乳首を交互に吸ったシュナイゼルは、口に含んでいないほうの唾液に濡れた乳首を指で扱く。

両の乳首を存分に弄ばれた新しき女王は、両手で宰相の頭を抱いてのけぞった。

「もう、イクゥゥゥゥ」

処女のまま体中の性感帯を開発されているメロディアは、乳首だけであっさり絶頂してしまった。

「メロディアさまはもう少し、堪えるということを学ばれたほうがよろしいでしょうな」

陰気な顔で嘲笑しながらシュナイゼルの接吻はさらに下に流れる。白い腹部とその中央に鎮座するまん丸い臍を舐め、さらに下に。

赤いパンツを脱がせたシュナイゼルは、メロディアの両足を王座の肘掛に置いて、M字開脚をさせる。

無毛の肉丘がくぱぁと開かれ大量の蜜が溢れて、肛門にまで滴る。

すでに調教済みの肛門がヒクヒクヒクヒクと物欲しげに痙攣していた。

「本当にこらえ性がない。メロディアさまの体は少々、いえ、かなりはしたないですな」

からかいながらシュナイゼルは、肛門に舌を下ろした。そこから長い会陰部へと舐め上げ、蜜の溢れかえる肉舟の底を攫《さら》い、頂の陰核にしゃぶりつく。

「うほっ」

たまらずメロディアは顎を上げて、惚けた顔になる。

シュナイゼルは口内に含んだ陰核の包皮を剥き、中身を舌先で転がす。

同時に両腕をあげて、メロディアの両の乳房を鷲掴みにすると、朱色の乳首を摘まみ扱いた。

「ひぃあ、いい、いい、いい、そこいい!!…気持ちいい、気持ちいい、気持ちいいの」

メロディアの体の秘密を、メロディア以上に知っているシュナイゼルである。絶頂させるのは簡単だ。

しかし、簡単には絶頂させなかった。

高ぶって、いままさに上り詰めようとしたところですっと逸らす。尿道口を舐め穿り、膣穴に舌を入れてかき混ぜる。そして、絶頂の波が引いたところで、再び陰核を舐めた。

このお預けを三度されたところでメロディアの理性は完全に溶けてしまったようで、赤子のように右手の親指を咥えて、涎を垂らしながら懇願してくる。

「はぁ……、はぁ……、はぁ……もう焦らさないで、これ以上焦らされたら、おかしくなっちゃう。おちんちん、おちんちんを入れてほしいの。早く、わたしをおまえの女にして」

気高き女覇王の趣きはすっかりなくなり、そこにいるのは、トロットロになるまで発情しきった美少女であった。

そのような懇願を受けて、我慢できる男は稀であろう。しかし、シュナイゼルは違った。

「メロディアさま、それでは栄えあるラルフィント王国の女王として情けなさすぎます。おねだりするにしても、もっと威厳をお持ちください」

「くっ、し、子宮。そう子宮。おまえのおちんちんで、わたしのオ○ンコをぶち抜いて、子宮に忠誠を誓いなさい！」

「承知いたしました。では、失礼いたします」

必死に女王として振る舞おうとする小娘の前で立ち上がったシュナイゼルは、その鼻先で逸物を取り出した。

二十代の後半。幾多の女を堕としてきた男根は、巨大でゴツゴツと節くれだち、しかも、真っ黒に淫水焼けをしている。

「ゴクリ……」

男根の切っ先を見つめ寄り目となったメロディアは、我知らず生唾を飲む。

(メロディアさまの処女をもらうか……)

その欲望は強烈だが、正直、いまでも躊躇いがある。

メロディアとの政略結婚を餌にすれば、雲山朝の重要戦力を寝返らせることができるのだ。そうなれば、一気に戦乱が収まる道筋が見える。しかし、ここで処女を奪ったら、平和への道が途絶えてしまうかもしれないのだ。

シュナイゼルは恋だ、愛だといったもので動くほど純真ではないつもりであったが、メロディアの用意した勅命という言い訳を前に我慢できなくなってしまった。

(相手の王子様とて、身近な女たちと遊んでいるだろう。政略結婚で処女性を求めてくるとは限りません。女王即位の記念だ。一回だけ、そう一回だけやろう。それでメロディアさまも満足されるはずだ)

覚悟を決めたシュナイゼルは、メロディアを王座から抱え上げた。

そして、自らが王座に腰を下ろす。

臣下の身では不敬極まる所業であったが、そんなものに気を回している余裕はなかった。理性がこれ以上進むなと警鐘を鳴らしている。しかし、自分好みに育ってしまった女の誘惑はあまりにも強烈だった。

メロディアに背を向けさせると、両膝の裏を抱え上げ、いきり立つ男根の上に腰を下ろす。

「はぅ」

亀頭部がヌルリと、膣穴に入った。

仙樹教謹製の処女膜に、亀頭部の先端が触れる。

「よろしいのですね。このまま陰茎を入れますよ」

「ああ、勅命だといっただろう。わたしはおまえのおちんちんが食べたいんだ。昔からずっとおまえにやられるのを待っていたんだ。おまえがわたしに忠誠を誓うなら、わたしを犯せ」

「御意」

覚悟を決めたシュナイゼルは、抱きかかえていた女体をゆっくりと下ろす。

「ふぐっ」

処女膜に圧迫を受けて呻いたメロディアは、反射的に逃げようとしたが、シュナイゼルが許さなかった。

両膝を抱え、そのまま落とす。

ブツン！

「ああ」

薄い膜をぶち抜いた男根が、若き女王の膣穴に潜り込む。

ズブ、ズブズブズブ……

入り口さえ突破してしまえば、あとは道なりである。巨大な男根が狭い隧道を押し広げながら進む。

そして、亀頭部は最深部にまで届いた。

「はがっ⁉」

股間から入った男根によって串刺しにされ、喉から先端が出てきたといわんばかりに、メロディアは大口を開けて硬直してしまう。

膣洞がきゅっと締まる。破瓜のときならではの痛いほどの強烈な圧迫を受けながらも、シュナイゼルは主君を気遣う。

「いかがですか？」

「ちゅ、ちゅごい……大きい、大きいの、体の中に心棒が通った感じ……はぁう、ケツ〇ンコをやられたときは、体の心棒がなくなった感じだったけど、今度は違うの。充実感がある。すごい充実感。ああ、わたしの体の奥底にシュナイゼルを感じる。これがセックス、はぅうぅ……子宮口におちんちんでキスされるの、最高に気持ちいいぃぃ」

破瓜の痛みはあるのだろうが、念願の男にようやく処女を割ってもらえたという多幸感がすべてに勝ってしまったようだ。メロディアは涙を流して歓喜している。

(こんなにも喜んでもらえると、やはり嬉しいものですな)

二十代後半の男は、十代の少女ほど純粋になれない。しかし、喜んでもらえていると思うと、自然と心が浮き立つ。

シュナイゼルは両手をメロディアの腋の下から回すと、大きすぎず小さすぎない絶妙な造形美に整えられた極上の乳房を包み込む。

メロディアの乳房は形がいいだけではなく、感度も一級品である。そのことはシュナイゼルが一番よく知っている。

左右の指先で、乳首を摘まむと、コリコリとこね回す。

「あああああ、何これ、すごい、ちゅごいぃ! おちんちん入れられた状態で、乳首をコリコリされると、いつもの倍、いや、何倍も感じてしまう! 気持ちいい、気持ちいい、気持ちいい」

シュナイゼルに背後から抱きしめられ、両の乳首をこね回されるのはメロディアにとって、もっとも慣れ親しんだ快楽である。

しかし、男根にぶち抜かれた状態で弄られる乳首責めは、男根を入れられていなかったときの何倍もの快感になってしまったようだ。

嬌声を張り上げて、目元から涙を溢れさせ、全身をビクンビクンと痙攣させている。

破瓜の最中だというのに、メロディアは早くも絶頂、イキっぱなしの状態になった。いや、させられたようである。

ただきついだけだった膣洞の締まりが、柔らかく男根に絡みついてきた。

（くっ、予想はしていましたが、メロディアさまのオ○ンコは、やはり名器でしたね。実にヌルヌルザラザラした粘膜だ）

その男殺しの動きに包まれて、シュナイゼルは一気に気を放ちそうになった。

しかし、寸前のところで丹田に力を込めて我慢する。

これはシュナイゼルの男の意地であった。十歳も年上の男として、破瓜中の小娘の体内であっという間に射精してしまうのは、あまりにも情けない。

そこでシュナイゼルは右手を下ろすと、男女の結合部を弄った。

「ひぃあ……、いま、そこ弄られたら、ひぃあ、そ、そこらめぇぇ、ああ、感じる。感じる。感じる。でも、感じすぎちゃう。もう、ラメ、おかしくなる、おかしくなっちゃう」

陰核を弄られたメロディアは、イヤイヤと首を左右に振るう。

「まったく、メロディアさまはセックスの最中はかわいくなりすぎですね。とても兵士たちに見せられない。威厳にかかわります」

からかいの言葉を浴びせながらも、シュナイゼルのほうが限界だった。メロディアの体を存分に味わい尽くしたいという欲望に負けて、再び両膝の裏に手をかけると、持ち上げる。

　ズルリ……

「ひぃぃぃぃぃぃ」

　男根が抜け出し膣洞が捲れる。しかし、抜けきる前に落とす。それを繰り返した。

「あん、あん、あん……おちんちんちゅごい」

　生まれながらの女帝といった顔をしていたメロディアの体が、亀頭部で子宮口を強打するたびに、涎を噴いて悶絶する。

「まだまだ」

「ひぃ、おちんちんが、おちんちんが、大きく、大きくなっている。おちんちんがわたしのお腹のなかでびっくんびっくんしているのぉぉぉ……、気持ちいい、気持ちいい、気持ちいい、ひぃぃぃぃぃ」

　牡としての欲望を暴走させたシュナイゼルは、メロディアの体内で欲望を爆発させる。

　ドビュドビュドビュ……

「ひぃあ、入ってくる。熱い、熱い子種が入ってくる。わたしのオ○ンコにシュナイゼルのザーメンが入ってくるのぉぉぉぉ」

念願の破瓜に続く、初めての膣内射精の体験に、メロディアは悶え狂った。

※

「あん、気持ちいい、気持ちいい、気持ちいいの、おまえのおちんちんでパコパコするの最高に気持ちいいの、気持ちいい、気持ちいい、気持ちいい」

国民からバージンクイーンの通称で愛されるラルフィント王国山麓朝の女王メロディアは、女覇王たらんと欲する野心家として知られていた。

その寝室からは夜な夜な、妖しい嬌声が聞こえてくる。

女王の寝台で仰向けになっていたのは、メロディアではなかった。

宰相のシュナイゼルである。

裸の彼は、女王の寝台の上で両手両足を広げた大の字になっていた。その両の手首と足首にはロープが巻かれ、天蓋の柱に縛り付けられている。

いや、紐はもう一か所巻かれていた。すなわち、いきり立つ男根の根本にもきっちりと紐が巻かれている。

その射精が禁じられた男根の上に跨っているのがメロディアだ。

蹲踞の姿勢で踊るように腰を振るっている。

「もう、イク、また、またイク、また、またイっちゃう！　イクゥゥゥ！！！」

メロディアはしなやかに反り返り、華麗に、そして、艶やかに、気持ちよさそうに絶頂する。

完璧な造形美を誇る美乳が弾み、朱色の乳首の周りから汗が噴き出る。

男根を咥えているザラザラの膣洞はキュンキュンと締まった。

その絶頂痙攣に揉まれて、耐えられる男は本来いないはずである。しかし、シュナイゼルは耐えた。というよりも、耐えさせられる。

すなわち、男根の根本をきつく縛られているから、どんなに素晴らしい名器に揉み扱かれても、決して射精することはできないのだ。

「ふぅ、シュナイゼル、そろそろ出したいのではないかしら？」

満足した女王さまは、眼下の男にどや顔を向ける。

「それは……はい」

冷徹な男は四肢を固定されたまま、死んだような目で答える。

「それなら、わたしと結婚しなさい」

「それはお断りしたはずです」

「なぜかしら？　おまえはわたしのことを想い人だといったわ」

騎乗位のメロディアは、苛立たしげに男の心臓のあたりを突く。

「メロディアさまはカルシファーの公子と政略結婚をしなくてはなりません。セックス遊びに興じるのは構いませんが、結婚相手としてのわたしは力不足です」

「いやよ。政略結婚はしない。わたしはおまえがいいの。おまえの子供を産みたいのよ。さぁ、わたしと結婚するといいなさい。そうしたら、おちんちんを縛っている縛めを解いてあげるわ。そして、そのまま受精してあげる」

即位式の日の一度だけの関係だったはずである。しかし、一度やってしまったら歯止めが利かない。毎夜毎夜、シュナイゼルは女王の寝室に呼ばれた。そして、一滴残らず搾り取られるのである。

理想の女帝を育てるつもりであったシュナイゼルには、完全に誤算な展開だ。

処女を奪ったことで、メロディアがより自分に依存するようになるとは思っていたが、言いなりにはならなかったのだ。その意味で、シュナイゼルの理想通りの女に育ったといえるのかもしれない。

「メロディアさま、何度も申し上げているように、メロディアさまの結婚は大事な武器です」

聞き飽きた主張に、うら若き女王は溜息をつく。

「仕方ないわね。この手は使いたくなかったんだけど、あなたたちいらっしゃい」

メロディアの声に従って、天蓋の中に新たな裸の女たちが入ってきた。

「女王さま、いくらなんでも権力を使って男を口説こうというやり方は、フェアーじゃないな」

クールな低音で嘲笑しながら天蓋の中に入ってきたのは、黒髪のショートヘアーのスレンダー美人。すなわち、ゲルダであった。

「婚前の娘が、夜な夜な男を寝台に連れ込んでいるだなんて、嘆かわしい」

そう憂い顔で天蓋の中に入ってきたのは、紫色の髪を一本に結んだグラマラス体型の美女。すなわち、アンナだ。

「なんとでもいいなさい。わたしは欲しいものを手に入れるためには手段を選ばないのよ」

「……」

もの言いたげなシュナイゼルに向かって、青銀色の頭髪を掻き上げたメロディアは挑発的な笑みで口を開く。

「聞けば、この女たちはおまえの肉便器だというではないか？」

「……」

「安心なさい。わたしは嫉妬なんてしないわよ。だっておまえにとってわたしが一番だということはわかっているんだから」

勝ち誇った女王は左右の婢たちに視線をくれる。

「おまえたち、シュナイゼルにわたしとの結婚を承知させる手伝いをなさい。成功したら、おまえたちをシュナイゼルの側室にしてあげる。子供も産み放題よ。ただし失敗したら、おまえたちがシュナイゼルの子供を産むことは絶対に許さないわ。結婚なんてしたら即座に謀叛人として討伐するから」

「ということなんです」

呆れるシュナイゼルの顔を見ながら、ゲルダは肩を竦める。

アンナはこめかみを押さえて溜息をつく。

「栄えあるラルフィント王国の女王たる方が、このような形で婚活だなどと……。だから、その男には気をつけなさい、といったのです」

ぼやく巨乳女を他所に、スレンダー美人は舌なめずりをする。

「それにしても、陛下はなかなかよい趣味をお持ちだ。いつも冷徹な顔した男が、快楽に悶絶している姿は、実にそそるものがある」

「わかるか？」

「ええ、あたしも閣下が快感に悶絶する姿を見ていたらたまらなくなりました」

陪臣の分際で国王と意気投合したゲルダはうつ伏せになると、直属の上司の右の乳首に濡れた舌を伸ばしてきた。

ペロリ、ペロリ、ペロリ……

「先生はどうする？」

「このような形で男を弄ぶなど、女として……しかし、わたしもそろそろ子供が欲しいと思っておりました。この男のせいでわたしもう、まともな結婚とか無理ですから。こいつに責任を取ってもらうしか……、人間として信用できませんが、おちんちんだけは好みというか、体に馴染んでしまって……くっ、仕方ありません。協力いたします。では、わたしはこちらを」

いろいろと文句をいっていたアンナもまたうつ伏せになり、シュナイゼルの左の乳首に吸い付いてきた。

「よしよし、では、わたしももうひと頑張りするか」

そういってメロディアは、再び腰を使いだした。

メロディアに騎乗位で腰を振られながら、左右の乳首をゲルダとアンナに舐めしゃぶられる。

「あ、ああ、くっ……」

いくらポーカーフェイスを誇ろうとも、人間である以上は限界がある。

シュナイゼルが呻くさまに、ゲルダが瞳を輝かせた。

「うふふ、閣下の乱れるお姿、初めて見ました」

「ええ、わたしもです。これはなかなかたまらない光景ですわね」

アンナは股の間に手を入れると、オナニーをしていた。いや、ゲルダも同様である。

子宮の果てまでシュナイゼルに堕とされている牝犬たちだが、立場が逆転した環境に異様な興奮を覚えているようだ。

天蓋に覆われた狭い空間に、女蜜の濃厚な匂いが立ち込める。

「お、おまえら……く」

三匹のパイパン女に責め立てられて、男根がビクンビクンと射精痙攣を起こす。

しかし、根本を縛られているから猛り狂う血潮が行き場を見出せず暴れまわる。

「うおぉぉぉぉ！」

シュナイゼルは柄にもなく、獣のように咆哮《ほうこう》をあげてのたうってしまった。

しかし、男根の根本を縛られているから、どんなに高ぶろうと絶対に射精できない。

出すに出せない焦燥感に、男は獣に堕ちていく。

「くくく、苦しそうね。次は交代でやりましょうか？」

勝ちの見えた戦を前にした女帝のような笑みを浮かべたメロディアは腰を上げる。外界に出た男根は、即座にゲルダの体内に呑み込まれた。

「では、あたしの腰使い、披露させてもらおう」

神弓の使い手は、男根の扱いも神級であった。鬼のようなピストン運動が開始される。

「ああん、気持ちいい、気持ちいい、気持ちいい、気持ちいい、いくいくいく、イっちゃう！」

「ぐあああ」

ゲルダが満足してもシュナイゼルの男根は逃さない。ゲルダが腰を上げると、即座にアンナに呑み込まれる。

「わたしはそんなはしたないことはできないのですが、殿方にご奉仕するのは嫌いではないというか……好きです」

アンナの腰使いはねっとりとした前後運動だった。

「ああ、気持ちいい。悔しいけど、わたし、このおちんちんに調教されたんだわ。ああ、この子宮をグリグリとえぐられる感覚。最高～～～♪」

「うふふ、さすが先生。腰使いも勉強になるわ」

アンナが満足したら再びメロディアが乗ってきた。

決して萎えることのない男根を呑み込みながら、女たちは満足していくが、射精の許されない男は決して満ち足りることはない。

「ぐうおおおぉぉぉ」

「苦しそうね。そろそろ降参したらどお？　わたしと結婚しなさい。そう約束したら、わたしのオ○ンコの中で射精させてあげるわ」

「しょ、承知いたしました」

快感が飽和状態になっていたシュナイゼルはついに頷いてしまった。

「よし、今日よりおまえはわたしの夫だ」

宣言と同時に、メロディアは男根の根本を縛る紐を解いた。

「はぁ〜」

男根内で鬱屈《うっくつ》していた血液が解放された。溜まりに溜まった欲望が噴き出す。

ドクン、ドクン、ドクン……

「ひぃ、ひぃぃぃ、いっぱいきたぁぁぁ」

膣内射精を受けて、メロディアの下半身がビクンビクンと激しく痙攣する。

射精が終わって男根が縮むと、メロディアは股を開いたまま仰向けに倒れた。

「うわ、これは妊娠確実だな」

ゲルダは肩を竦め、アンナは溜息をつく。

「だから、もう少し女王としての自覚をですね……」

※

仙樹暦931年、ラルフィント王国山麓朝の二代目国王メロディアは即位した。

そして、即座に腹心であり宰相に就任させたシュナイゼルと結婚。

私人としては多くの子供に恵まれ、家庭的には幸せだったようだが、公人としては両朝統一という悲願を達成させることは叶わなかった。

後世の歴史家は慨嘆する。

もし、宰相シュナイゼルが進めていた新女王メロディアの婿に、北陸の雄カルシファーの息子を迎えるという計画、これが成功していたら、ラルフィント王国を巡る騒乱はこのとき収まっていたのではないだろうか。

そうなれば、この後も長く続いた戦禍によって繰り広げられた悲劇はなかった。

一人の女が貫いた愛によって、大河が作れるほどの血が流れたのだ。

もっとも、その政略結婚が行われていたとしても、本当に戦乱が収まっていたという保証もない。歴史の無数にある可能性の一つ、大きなターニングポイントに過ぎないというだけのことである。

電子限定
戦国時代を華々しく駆け抜けた武将、水野勝成の
波乱万丈な生涯を描いたエッチな本格大河小説が
全4巻完結!! 装い新たに好評配信中!!
戦国艶武伝
第4巻
～奔流の抄～
竹内けん
挿絵:金目鯛ぴんく

# 竹内けん執筆 おすすめ作品

二次元ドリーム文庫 第426弾

## ハーレムリベンジャー 復讐の美女とおねショタ流離譚

ドモス王国と二重王国の戦渦に荒廃したメリシャント王国。孤児の少年キアロは人攫いに捕まるが、旅の元姫騎士ジャシンダに助けられ同行人となる。その旅は一族を滅ぼした町の支配者に死をもって償わせるため。立ちはだかる女忍びサスキア、聖騎士ルーゼモニアの前に、狂気の復讐鬼が立つ！

小説●竹内けん　挿絵●シロクマA

## 本作品のご意見、ご感想をお待ちしております

本作品のご意見、ご感想、読んでみたいお話、シチュエーションなど
どしどしお書きください！　読者の皆様の声を参考にさせていただきたいと思います。
手紙・ハガキの場合は裏面に作品タイトルを明記の上、お寄せください。

◎アンケートフォーム◎ **https://ktcom.jp/goiken/**

◎手紙・ハガキの宛先◎
〒104-0041 東京都中央区新富 1-3-7 ヨドコウビル
(株)キルタイムコミュニケーション　二次元ドリーム文庫感想係

# ハーレムクイーンメーカー
## ドS王女と成り上がれ！


2022 年 6 月 19 日　初版発行

【著者】
竹内けん

【発行人】
岡田英健

【編集】
上田美里

【装丁】
マイクロハウス

【印刷所】
株式会社広済堂ネクスト

【発行】
株式会社キルタイムコミュニケーション
〒104-0041　東京都中央区新富1-3-7ヨドコウビル
編集部　TEL03-3551-6147 ／ FAX03-3551-6146
販売部　TEL03-3555-3431 ／ FAX03-3551-1208

禁無断転載 ISBN978-4-7992-1646-0　C0193